死シノモノ物ガタリ語
下
西尾維新
NISIOISIN

KODANSHA
BOX

最終話　なでこアラウンド

BOOK&BOX DESIGN VEIA

FONT DIRECTION SHINICHI KONNO
(TOPPAN PRINTING CO., LTD)

ILLUSTRATION ©VOFAN

本文使用書体：FOT- 筑紫明朝 Pro L

最終話　なでこアラウンド

ARAUN DO U R OKO

001

千石撫子の歴史について復習しましょう。これが最後になりますし、優等生になりすまし。最早これっぽっちも意外な裏話でもありませんが、そもそも撫子は物語において主軸のキャラクターではありませんでした。言葉を選ばずに言えば、主役陣をより引き立たせるためのバイプレイヤーでした。当然この『バイプレイヤー』という表現は、実際には滅茶苦茶言葉を選んでいます。当たり障りのなさもこれ極まれりです。本当に選ばなかった場合は、脇役、もしくはモブキャラとなります。なんとも愛情のない単語ですが、悲しいかな、事実です。助演と言ったら嘘になります。

悲しみをこらえてもう少し詳細を述べれば、直前に登場した神原駿河という変態にしてアスリートにしてスーパースターな希代の奇人を描くにあたって、言うならばまともな、ある意味でややこしくない、もやもやとは無縁な被害者という側面しか持たない、認知的不協和を喚起させない創作上の少女を物語が必要としたというのっぴきならない事情があったようです。戦場ヶ原ひたぎに対する八九寺真宵のスタンスとも言えますが、ご承知の通り、八九寺ちゃんの場合は登場時からきちんと加害者としての側面を描かれており、つまり当初から複雑性を帯びて、尖りまくっていました。噛みつきまくっていました。それに比して、撫子は『大人しい』しかキャラのない、完全なる弱キャラでした。令和の視点で『なでこスネイク』を読み返してみれば、本当にもう、登場シーンの直前の段落まで名前以外は決まってなかったんじゃないかと疑いたくなるほどに、やっつけを疑いたくなる造形です。マジで名前以外、どこも尖っていません。強いて言うなら尖りではなく、先細りです。敷かれたレールの上を走りまくりで叱られそうです。

結局のところ、『被害者であり加害者でもある』という他のヒロイン達と違い、撫子は被害者という側面しか与えられなかったゆえに、いわゆるキャラクター性ではない人間味の掘り下げが浅かったのでしょう――その後も続編や短々編で、手探りやマイナーチェンジが繰り返されましたが、これだと決めかねている雰囲気を否めません。

そのまま表舞台を去ってしまってもおかしくないほどの迷走っぷりでしたが、ゆるやかなフェイドアウト路線の風向きが変わったのは、論を俟つまでもなく、アニメーションからです。今となっては、もう十年以上前の話になるので、リアリティを持ってあの頃の時代性を語るのもやや難解ではありますけれど、不可能を可能にして言えば、本当に、とんでもなく、びっくりするほどブレイクしました。分析すると、原作で掘り下げられていないからこそ、アニメで自由に遊べる部分があったという点は大きいのでしょう――弱キャラが強みになるとは、何が幸いするかわかりません。ともあれ日本が誇るジャパニメーションのパワーを思い知りました。

事実、これが撫子の命を救いました。

かくして、撫子は引退を余儀なくされることなく、自由契約へと放出されることなく、むしろ深掘りを余儀なくされることになります。皆さんの応援で運営が重い腰を上げました。『されることになります』というとまるで深掘りされたくなかったみたいな感じが出てしまいますけれど、実際、ここは議論のわかれるところで、もっと言えば分断が生まれるところで、のちに『人気乱高下ヒロイン』と呼ばれる一因になります。

もちろん、『乱高下』とか『波がある』とか言われるときは、だいたい下がり調子のときなのはお察しの通り。

加害者なだけの人間などいないように、被害者なだけの人間もいないという物語の構造に基づき、掘り下げられるのは当然、それまで語られなかった撫子の加害者としての側面でした——そこに想像以上の闇が隠されていたのです。

心の闇です。

結論だけ言うと、彼女は内気な女子中学生から、山に祀られる神様になり、名だたる主役陣のスターー性をもってしても、その高らかな頂上から引き降ろすことができなくなってしまいました。キャラクターが勝手に動くにも程があります。

やってしまいました。

このやらかしは致命傷です。

かくして、詐欺師に頼るしかなかったという恐ろしい話になります。毒をもって毒を制す。山がなくなるほどの深掘りの結果、『漫画家になりたい』という新しい側面が地中より発掘され、なんとか頂上からは降りられましたが、撫子は無傷というわけにはいきませんでした。

致命傷はそう簡単には癒えません。

しかも、人に戻ったからと言って、特に問題が解決したわけではないので、撫子は学校に行けなくなってしまいます——つまり現実的には、または社会的には、本当に大変なのはそこからでしたが、しかしあくまで出自がバイプレイヤーであるがゆえに、その後のファイナルシーズンで、撫子の引きこもり時代が主体性をもって語られることはありませんでした。再びフェイドアウトの危機です。

お蔵入りなのか、迷宮入りなのか。

そんなわけで、阿良々木暦の卒業をもって、物語の主軸は終幕したものの、またしても語られなかった撫子のその後は、オフシーズンやモンスターシーズンで、隙を見てちょいちょい小出しにされてきたという流れです。

ちなみに、フェイドアウトの危機をどう脱したかと言えば、本来、阿良々木暦を後継する形で、第二の語り部として臥煙伊豆湖の弟子になるのは彼の末妹、阿良々木月火の予定だったのですが——斧乃木ちゃんが一貫してアシスタント役を務めているのは、その名残です——、月火ちゃんの性格が悪過ぎたせいで、撫子にお鉢が回ってきたという裏事情も、一応、参考までに付与したところで。

月火ちゃんあっての撫子だと、改めて認証したところで。

お待たせしました。
遂に撫子の物語も佳境です。
終に。

そういう宿命だと言ってしまえばそれまでですが、本来この『死物語』は、サブタイトルの変更からもおわかりの通り、阿良々木暦が大学を卒業した上巻部分をもって十分に完結していると言っても過言ではないにもかかわらず、この下巻にまで手を伸ばしてくださったかたは、本物の好事家です。ご安心ください、豪華なことに、尺もまるまる一冊いただけたわけですし、アニメも完結し、乱高下どころかフラットライナーな千石撫子を——否、この私を、今もなお追ってくださっている皆さんを、がっかりさせるようなことは致しません。

それでは、お楽しみください。

『死物語』下巻、最終話、なでこアラウンド。

エンジョイ。

002

「へー、知らなかった。西表島って竹富島だったんだね！」

「そうなんだ、知らなかったんだ。僕はお前がそこまでの馬鹿だと知らなかったよ」

「まったくだ。やはり中学くらいは出ておかないと、人はこうなってしまうんだな。俺も子供を育てる時は気を付けよう」

順に、私、斧乃木ちゃん、貝木さんの台詞です——貝木さんの台詞から、不登校児である私に対する若干の侮蔑意識が読み取れますけれど、しかし、現在座っている飛行機のシートの代金が、すべてこの詐欺師さん持ちであることを鑑みれば、ここでそれを指摘するのは、こちらこそいささか分別に欠けるというものでしょう。

不登校児にも分別があるところを見せねば。

全不登校児の代表として。

「どんな事情の不登校児も、お前に代表されたくはないだろうよ。色恋にとち狂って神様まで務めた千石撫子嬢」

貝木さんは反省の色を見せません。

嬢と言われましてもね。

聞いた話だと、この人も確か、大学中退なんですよね——大学中退のほうが中学中退より格上だと思っているのでしょうか。私はまだ中退はしていませんが……、そもそも中学校って中退できませんよね？　よほどの悪事を働かない限り……、働いていないとは言いませんが。

「中学生ならぬ中退生のトリオというわけだね。僕としたことが、興味深いチームの一員になってしまったものだ」

「斧乃木ちゃん、別に中退してないでしょ」

「僕は人生を中退しているゾンビだよ」

それはそれは。

飛び級のエリートでしたね。

ちなみに、そのゾンビは現在、座席番号で指定されたシートではなく、私の膝の上に座っています——人形で言うなら、巨大なダッコちゃんみたいな感じで、私の胴体に両腕両脚をぐるりと回しています。

なぜこんなコアラ密着を……？

斧乃木ちゃんが私にやけに懐いていることにはもう慣れましたが、しかしここまでの熱烈なハグは珍しいです。

愛情を感じます、無表情な童女からの。

「気にしないで。僕は疲れているんだよ、ダブルヘッダーで」

「だぶるへっだー？」

野球の用語でしたっけ？

よく知らないんです、野球は……。

「えーっと、キャッチャーのことを恋女房って言うんだよね？」

「今はもう、あんまり言わなくなった。神原駿河以外は」

神原さんは言うんだ……。

言いそうだなあ。

「要するに連戦だよ。二連戦。上下巻での上意下達だ。非常時の交通機関として乱用されちゃってね。まったく、お姉ちゃんも鬼のお兄ちゃんも、僕をプライベートジェットか何かと勘違いしていやがる。なので、こうして公共の飛行機で移動できるのはとてもありがたい」

貝木のお兄ちゃんに感謝だよ、と斧乃木ちゃん――詐欺師に感謝なんてしたらつけこまれますが、しかし貝木さんが人形である斧乃木ちゃんを、預け手荷物にすることなく、ちゃんとシートを用意してあげたことには驚きました。

楽器用に席を予約するミュージシャンみたいです。そこに座らず、私の膝に腰を降ろしている辺り、人形には通じていませんが、その配慮……、この二名の関係性もねえ。

「配慮ではない。小心者の保身だ。俺は影縫（かげぬい）や阿良々木と違って、己の命が惜しいのでな。パラシュートも救命胴衣もなしで、高度数千メートルのフリーフォールに挑む度胸はないんだよ」

と言うか、それどころではないのです。

私達の目的地が西表島であることは冒頭の発言で伝わったと思いますが（『西表島って竹富島だったんだ』発言のどこがトンチキで真意はどこにあるのかまでは伝わりづらいと思いますので、そちらはもう少しあとで説明します）、現状、西表島への直行便は、世界中のいかなる空港からも飛んでいません。世界中と言うのは決して大袈裟な表現ではなく、西表島は沖縄本島よりも台湾のほうが近いくらいの位置なのです――そんな地理条件も私は知りませんでした。

そんな地政学も。

しかし、その台湾からの直行便もありません。そもそも西表島に空港はないのです。あるのは空の港ではなく海の港のみです。なので、フライトは最寄りの島までで、その先は船便で向かうしかありません……、で、その最寄りの島とはどこになるのか？

普通は石垣島ですね。

船便が出ているのは（主に）石垣島ですから……、なので、私達の旅の行程としては、まず東京の羽田空港まで電車で移動し、そこから石垣島までのフライト、そしてそこから先は船旅というのが、スタンダードな乗り継ぎコースになります。

正規の旅行代理店を挟んでいればそうなったことでしょう。交通案内アプリでもしかりです。

しかして、さすが貝木さんの動線は一味も二味も違いました。

一筋縄ではいきません。二筋縄でも。

貝木さんが、私や斧乃木ちゃんの分まで勝手に予約した行程では、羽田空港からわざわざ那覇で乗り継いで石垣島に向かうという謎のトランジットを挟みました。

石垣島までは直行便があるにもかかわらずトランジット？

海外旅行のLCCだったりすると、韓国や中国で乗り継いでヨーロッパに向かうと料金がぐんとお得になったりすると聞きますが……、那覇で乗り継ぐと西表島までお安くなるんでしょうか？

飛行機に子供料金があるかどうかわかりませんけれど、私や斧乃木ちゃんの分も払うとなると、そういうところで細かく始末していかなきゃなんだなと、そんな大人の経済観念に感じ入った私でしたが、事実はその逆でした。

小心者の保身ではなく、成り上がり者の贅沢でした。

「石垣島への直行便は、ファーストクラスが設定されてないんだよ」

貝木さんはそう説明しました。

いつも通りの陰気で不吉な口調で。

「だからまず那覇まで移動する。ファーストクラスで。ファーストクラスファーストだ」

しかも貝木さんは那覇行きのファーストクラスを借り切りました……、私と斧乃木ちゃんの分のみならず、すべてのシートの代金をお支払いしたのです。

金遣い、あらっ！

「詐欺師だからケチなんだと思ってたけど、むしろ豪遊したがるタイプなんだね……、そう言えば、私が神様だった頃も、お高いお酒をいつも持ってきてくれたもんね」

貝木さんの犯行歴について、こんな風におおっぴらに話せるのも、ファーストクラスを借り切っているからこそです。

まるで王族ですね。

「お前の飲酒歴についてもおおっぴらに話せちゃってるよ、十五歳。沖縄だからと言って、泡盛を飲んだりするなよ」

「成人年齢って下がったんじゃなかったっけ？」

「それはもうちょっと先の話だし、十五歳までは下がらないし、下がったとしても、飲酒喫煙は二十歳からのままだよ」

法律に詳しい死体人形ですね。

周りがイリーガルな専門家ばかりだからでしょうか……、弁護士としてのスキルが、自然に身につくのかも。

腕利きです。

「それにしても国内線にもあるんだね、ファーストクラスって……、私は知らないことばっかりだ」

「むしろ国際線でのほうが、ファーストクラスは姿を消しつつあるよ。フルフラットのビジネスクラスが普及したがゆえにね——ついでに『西表島って竹富島だったんだ』発言についても、勿体ぶらず、早めに解説しておいたら？　馬鹿はもう露呈したけど、千石撫子は学ぶ馬鹿だと言うことを示しておけば、まだ救いがある」

「違うんだよ。ガイドブックを読んだんだよ、私は。予習しようと思って。私、お察しの通り、飛行機に乗るのも沖縄に行くのも初めてだから」

　なんなら羽田空港までの、モノレール、モノレールに乗るのだって初めてでしたよ。モノレール、格好いい。正直言って、旅としての楽しみは、もう既に満喫し終えたと言っても過言ではありません。

　欲を言えば東京観光をしたかったですね。東京タワーは窓の外に見えましたが。

「いいね、その姿勢は。旅は道中を楽しむものだと、今度会ったら鬼のお兄ちゃんに教えてあげてよ。ショートカットすることしか考えていないあの時短派に」

「今度会ったときにしなきゃいけない話が、それなわけないでしょ？」

「それで、千石。どうしてお前は西表島を竹富島だと思ったんだ？　佐渡島って小豆島なんだねに近い発言だったと、俺は思うが」

　ふたりして私を馬鹿にして……。

　馬鹿だからって馬鹿にしていいわけじゃないんですよ、二〇〇〇年代のコンプライアンスでは。佐渡島と小豆島の違いはさすがにわかりますよ……、瀬戸内海にあるのが小豆島です。佐渡島は……、佐渡にあるんですよね？　佐渡って……、九州の県でしたっけ……？

「ガイドブックによると、西表島の住所が竹富町だったんだよ。だったら正式には竹富島なんだって思うじゃない。ほら、硫黄島だって、正式名称は硫黄島だったりするでしょ？」

「洒落臭い雑学を披露してきたね。どうせ漫画で仕入れたんだろう」

私の膝の上で、私の知識の源泉を言い当てないでください……、他のすべてのシートが、しかもファーストクラスのシートが空いているというのに、つくづくどうして、この子は私の膝の上に……。

軽いわけじゃないんですよね。死体だから。

肉塊を抱えているようなものです。

「そういう知識を披露するときは、硫黄島の歴史についてちゃんと語れ」

「硫黄島の歴史を語れは中学生には厳しくない？」

それこそ重いです。

しかも中学生な上に不登校児ですよ、先程言及された通り。

元々、通っていた頃も、そんな成績のいい子じゃなかったですからね……、真面目でもなかったです。その頃はその頃で、『暗い女子は成績がいい』という偏見と闘っていました。

「西表島の正式名称は西表島だ」

と、貝木さんはいっかな陽気になりません。ありし日の私などと、比べものにならない暗さです――しかも知的。

知的と言うか、知能犯なのです。

「西表島を含む複数の島が、まとめて『竹富町』なんだよ。もちろん竹富島もその中に含まれている。竹富島、西表島、波照間島、鳩間島、由布島、黒島、上地島、下地島、小浜島という九つの有人島で、『竹富町』だ」

「あれ？　石垣島は入ってないの？」

「石垣島は石垣市だ」

市でしたか。

さすが空港のある島。

「空港なら最西端の与那国島にもあるよ。空港があるから大都会というものの見方じゃ、将来的に世界で活躍するのは難しいね」

私の将来設計を、随分とグローバルに捉えてくれますね、このお友達は——それはもう、期待と言うより重責です。

でも、最西端って与那国島でしたっけ？

お祭しの通り、地理の授業を（今も昔も）まともに受けていないので、確かなことは言えませんが、違ったような——

「沖ノ鳥島のことを言っているのかな？　あれは最南端の無人島と言うか……、島なのかな？　僕が着地したら沈んじゃいそう。領海を失わないために、コンクリートで固めた島だから」

「あ、ありなの？　それ」

「それを言ったら竹富町にだって、珊瑚で固められた島があるよ。どれでしょう？」

クイズになりました。

それ以前にコンクリートの島と珊瑚の島を同列に扱うというのもなんとも無機質な価値観ですが……、物質的には似たようなものなんでしょうか。えーっと、由布島ですかね？　なんとなく。

「ぶぶー。正解をばらすと、バラス島。湯布院にはない。由布島は水牛に乗って向かう島だよ。佐渡が佐賀ではないように。そんなことも知らないなんて……、お前、沖縄のこと何も知らないのに沖縄に行こうとしているんだね」

言葉もありませんが、その上で言い訳をさせていただくと、ほぼ拉致みたいな形で連行されているんですよ、私は。この件に関しては、私は完全なる被害者です。

被害者面をさせてください。

臥煙さんに紹介してもらったアパートに、やや不本意な里帰りから帰ったら、詐欺師と死体人形が待ち伏せしていたのです……、ホラーですよ、そのシチュエーション。取るものも取りあえずとはあのことです。

扇さんにプレゼントしてもらったトランクが、早速役に立とうとは……、しかし、中身を入れ替えるにしても、着替えをでためのに詰め込むのが精々でした。せめて一晩準備をさせてもらえれば、もうちょっと入れてきましたよ、トランクならぬ頭の中に、南国の知識を。

……しかし、水牛に乗るって。

「一時は無人島になった由布島を盛り上げるためのアミューズメントだよ。島に残ったご夫妻が考えたんだ。偉大だよね。頭が下がる。ちなみにご夫妻の名字は西表だよ」

「パニックだよ、名字が千石の私は。千石が百石になっちゃうよ。もういっそ、九つの島を西表町にしてしまえばいいじゃない」

「心ないことを言うよ、お前は。そういうところが百石なんだ。それを聞いて竹富町がどう思う。まあ確かに西表島は沖縄で二番目に大きな代表格の島ではあるけれど」

石垣島や宮古島以上なんですか。

ますますパニックです。

ワニワニパニックです。

「ワニはいないよ。言っとくけど」

「いるかいないかは私が決めることでしょ？」

「そんなわけあるか。何の権力者だ、お前は」

「人権もないだろう、お前には」

貝木さんからのアタリが強いですね。

ありますよ、人権くらい……、一度、人間やめてましたけど。

「屋久島……は」

「…………」

「違うよね、沖縄県じゃないよね」

「疑わしい奴だなあ。撫公、離島甲子園を観戦に行ったことがあるんじゃなかったのかよ」

副音声の設定を持ってこないでください。

それを混ぜると、ＤＪ撫子まであるんですよ。

「沖縄の中学生はお休みの日が一日多くて羨ましいとか言ってそう」

「言うか。私のこと、そんな子だと思ってるんだ……、むしろ言われる側なんだよ、私は、そういう無配慮な言葉を。学校をずっと休んでいて楽そうとか」

本来は八月十五日もお休みにするべきなんでしょうけれどね。海の日を作っている場合じゃなく。私のように海に馴染みのない地域の住民にしてみれば、尚更です。

「じゃあ、真偽を問うために僕が沖縄離島クイズをもう少し出し続けてあげるよ。第二問。次の中から沖縄県に属する島を選べ。①奄美大島。②隠岐島。③沖永良部島」

「さすがに舐め過ぎだよ、不登校児を。私は沖縄名物のアイスクリーム、ブルーシールか」

「①って言ったら、奄美大島だけに甘味を感じようと思ったのに」

②か③と答えていたときの受け答えのバージョンに興味がありますね——おそらく本命の引っかけは、沖永良部島です。

「なるほど。沖永良部島だけに選ぶ島というわけだね」

「そんなうまいこと言う対決をしようと思っていないよ、島の名前で」

「第三問。慶良間諸島は実は九州地方に属する。○か×か」

「だから舐め過ぎだって。慶良間諸島が沖縄なことは知ってる……、ほら、渡嘉敷島があるところだよね？」

「ぶぶー。なぜなら、沖縄県がそもそも九州地方に属しているから」

「不登校児を引っかけて楽しいの？」

「楽しさで言うなら、旅は前知識がないほうが楽しめるとも言える」

と、貝木さんが仲裁に入りました。

単純に子供達がわちゃわちゃしているのを、大人として見ていられなかったのかもしれません。確かに見苦しいやり取りでした。

「そして旅とは、知識ではなく体験を求めるべきだ。そうでなければスマホの画面で十分だろう」

優しいフォローのようでもありますが、この人はこうやって人の心に取り入って、『意外といい人』みたいな振りをして、隙を見れば騙しにかかってくるので、油断なりません。

意地悪クイズならぬこのやり口に引っかかって、私は神の座から引きずり降ろされたのです。

「むしろ、こんな風に何の準備もなく、思い立ったが吉日のように旅ができることを、幸運に思うことだ。その昔は、沖縄に行こうと思ったらパスポートが必要だったのだから」

「ほら、また騙そうとしてくる……、沖縄に行くのにパスポートが必要な時代なんて、あったわけがないじゃない」

「撫公。確かに旅をエンジョイするために知識や前知識は余計かもしれないけれど、常識やマナーは必要だ」

斧乃木ちゃんが、無表情の棒読みでふるふると首を振って、私を諫めました——何か失言がありましたか。

「一九七二年に日本に返還されるまでは、本当に必要だったんだよ、パスポート」

「そうなの？」

いえ、一九七二年と言われたらなんとなく思い出せましたけれど……、本当にそんな時代が？　ぜんぜん実感がありません……、だとすると、確かにこれから沖縄に行こうとしている人間の発言ではありませんでした。お休みが多くて羨ましいと、マジで言ってそうな感じになってしまいました。

猛省が必要です。

「でも、今のは貝木さんもよくなくない？　私から失言を引き出す気満々だったじゃない。罠を仕掛けて、私に馬鹿なことをわざと言わせようとしたじゃない。『へいわきねんこうえん』を漢字で書けっていうような悪意を感じる」

「これも一種の話術だ。将来、専門家を目指すのであれば参考にするがいい——語るに落とす」

そのテクニックの行き着く先は、専門家ではなく詐欺師のような気がしますが……、私を詐欺師の後継者にしないでくださいよ。

話術じゃなくて詐術です。

「なんなら俺のオンラインサロンにチャンネル登録しろ」

「貝木さん、オンラインサロンを開催してるの？　チャンネル登録されてるの？」

「ああ。詐欺師志望の有望な若者が多く集まってくるので、そういう奴らから金を巻き上げるという善行をおこなっている」

倫理観がわやくちゃですよ。

ほぼネット詐欺です。

そんな汚金からこのファーストクラスの代金が支払われているのだと思うと、迂闊に深く座れません。ましてフルフラットになど。腰を浮かせるトレーニングに興じたくなります。

スラムダンクですね。

「詐欺師に限らず、犯罪者は仮に大金を稼いでも、使えなくて往生するっていうのはあるんだってね。たとえ完全犯罪で証拠を残さなくても、急に金遣いが荒くなると、不審に思われちゃうから。怪しまれないためにおんぼろアパートに住むんじゃ、何のために儲けたのかわからないよね」

それが国内線ファーストクラス貸し切りという奇行に表れているのでしょうか……、詐欺師に限らずと言うなら、犯罪者にも限らず、まっとうな職業で稼いだお金でも（私の念頭にあるのは、漫画家さんですが）、うまく使えずに、異常な浪費をなさるというのは、よく聞く話です。

お金の正しい使いかたってなんなんでしょうね。お金の使い道も幼少期から教育されるべきとは言いますが……。

「でも、さっきの沖ノ鳥島のコンクリートの話とか聞くと、よく返してもらえたよね」

「実に教導のし甲斐がある、素朴な発言だな」

オンラインサロンの主が陰鬱な口調で言います――陰気でインチキな詐欺師と棒読みの死体人形と、ぼそぼそ喋る根暗な女子の三人旅という、改めて盛り上がりに欠けるメンバーです。

通夜に行くんでしょうか。

その意味では、この葬儀に巻き込まれる犠牲者を出さなかっただけ、ファーストクラス貸し切りという貝木さんの奇行は、実に正解だったのかもしれません。

「ここからのお前の台詞には全部、『不登校の中学生の発言です』って、米印でつけとけよ、撫公」

「そんな『個人の感想です』みたいな……、その注意書きに注意書きが必要でしょ」

米印が必ず必須で必要ですよ。

まあ、『米』と『必』が似ていることなんて、手書きで書かなきゃわかりませんが……、文系も苦手です。

私に得意科目はありません。

苦手科目に目がありませんよ。

「そうだね。地理なんて、チリを知らないくらいだろうね」

「さすがにチリは知ってるよ……、南米にある、左右に長いあの国でしょ？」

「上下左右の区別もつかないとは、撫公は宇宙空間に住んでるんだね」

「住んでるよ。地球に住んでるんだから」

「チリソース発祥の地だな」

貝木さんがぼそりと言いましたが、それは詐欺師の嘘と言うより、おじさんの駄洒落という気もします……、ただ、さっきのことがあるので、反射神経で突っ込むのは控えておきましょう。

どこで詐欺にかけられるかわかったものじゃないのです。

緊張感たっぷりです。

「お前なんて『札幌』も書けないだろ」

「それくらい書けると言いたいところだけれど、書けないかもしれない」

あと、『函館』も結構怪しいですね。

もしかすると『十勝』くらいしか書けないかもしれません。

「ここまでのやり取りで一勝もできていない撫公が、十勝だけは書けるというのもアイロニーだね」

「アイロニーでも何でもない、ただの悪口だよ、それ」

「おっと、やっと一本取られたかな。まあ、撫公の勝率ではあるかもしれない。一生かければ、十勝はできるかも」

私の勝率が低過ぎます。

将来的にはともかく、これまでの十五年の勝率は、およそそんなものかもしれませんが……。

「『率』は書ける？」

「そんな徹底して漢字テストを受けさせられたら、私の発言が全部平仮名になっちゃうよ……、そういう時期もあったけれど。そもそも、どうして北海道や沖縄って、難読な地名が多いの？」

「玉葱みたいに次から次へと馬脚と鹿脚を露すな、お前は……、貸し切りでつくづくよかったよ。ハワイでワイキキだけ観光して帰ってくるツーリストか、お前は」

いっぱいいるでしょう、そんな観光客。

私がこの世にひとりしかいないみたいに。

五人いたでしょ？

「どちらの地名も決して難読ばかりというわけではない……、が、千石の無知と言うより無邪気な発言は、それゆえに、痛いところを突いていると言えなくもない」

「どういうこと？　貝木さん」

「これが修学旅行だったなら、大人として俺がお前を連れて行くべきは、首里城やウポポイだったかもしれないという教訓だ。返還だ国土だ領海だと言っても、その尺度は一様でもなければ絶対でもない。それを知ることが学びなのだ」

　ウポポイですか……、私が普通に中学校に通い、そのまま高校に進学でもしていれば（できていれば）、本当に修学旅行で向かったかもしれない民族共生象徴空間ですね。

「米印。上巻との時系列を調整すると、ウポポイはまだ開館してないよ」

　斧乃木ちゃんが謎の注釈を入れました。

　必要必須ですか、その米印は？

　だとしたら、今こそ首里城に向かうべき局面であるように思われてなりませんが……、ゆいレールで。モノレールに乗りたいです。しかし、いずれにしても、道を大きく外れたアウトロー一直線な私が今連れていかれようとしている目的地は、西表島なのでした。

　しかも観光でも修学旅行でもありません。お仕事です。

　予備知識もなく沖縄に行くなんてとお叱りを受け続けていますが、しかしもしもこの出張を拒否すると、十五歳の私は、一人暮らしの家賃が払えないのです。

　過酷ですよ。生活も、労働環境も。

　不登校児も楽じゃありません。

　しかし、このまま無知の集合体みたいに言われるのは心外ですね。ネット時代が訪れる以前に確かにあった、一昔前のムーブメントのように、ペダンティックな知性を、チラ見せしておきたいものです——沖縄全土はともかく、西表島に関して。

「西表島って、イリオモテヤマネコがいるんだよね、多分！」

「絞り出した知性がそれとは。百年に一人の大天才だな、千石」

　気のない返事の貝木さんです。

　考えてみれば、直属の先輩である臥煙さんから不登校児の面倒を見るように言われて、不本意な旅行であることにかけては、貝木さんは私や斧乃木ちゃんよりもはるか上なのかもしれません。

この飛行機よりも高度かも。高々度かも。

第一、貝木さんは元をただせば私のせいで臥煙さんと絶縁状態だったわけで、関係回復のためのやらされている感は、心中複雑でしょう……、私のせい、かな？

複雑玄妙です。

難しいのは、そんな複雑玄妙な事情を、私のようなお子様に慮られるというのも、大人の男性として貝木さんは、決して嬉しくはないことでしょう——ここは気遣いをしないという気遣いを押し通すのが、大人に対する子供のあるべき態度という気もします。

どうかわたしの天衣無縫さに癒されてください。

旧撫子ならまだしも現撫子ではもう無理かもしれませんが、それでも癒しの名残くらいはあるでしょう。

「イリオモテヤマネコが発見されたから、西表島は西表島なんだよね！　竹富島じゃなく！」

「知性を絞りだそうとした結果、馬鹿まで絞り出されている」

猫ならぬ馬鹿が。

棒読みだからと言うことでもなく、斧乃木ちゃんも気のない返事です——先に紹介すべきところを順番が前後しましたが、斧乃木ちゃんにとっても、これは贖罪の旅なのです。

彼女のキュートな死体顔を覆う右目の眼帯をご覧ください——不祥事の罰として、臥煙さんに片目を取り上げられたのです。

令和のペナルティではありえません。

「令和……、は、まあセーフか。上巻との時系列的には」

呟く斧乃木ちゃん。

タイムパトロールの役割も負わされているのですか、この罪人は。

歴史を変えた罪を償っているのでしょうか。

私よりもドラマがありますね。

「もしもこの任務を成し遂げれば、斧乃木ちゃんは片目を返してもらえるの？」

「そう。僕の視界は撫公にかかっている」

重いものをかけますね……。

私のような者に。

忘れがちですが、忘れているわけではありませんが、かく言う私とて、罪を償っているさなかです……、贖罪の真っ最中です。迂闊にも、考えなしに人を呪い、呪い返しを受けて、町の神として君臨し、好き勝手やった挙句、好きな人を抹殺しようとした罪の償いを……。

「その点はあまり思い詰めるな。俺の罪も余接の罪もお前の罪も、煎じ詰めればすべて阿良々木のせいのようなものだろう」

「そ、それは煎じ詰め過ぎじゃない……？」

苦くて飲めたものではありませんよ、その煎茶。

「なんだ、庇うのか。あの男を」

いやあ……、庇うわけじゃありませんが、そこで誰かのせいにしていては、成長がありませんからね。だからこそ臥煙さんは、私達を沖縄に送り出すのでしょう。何かとフットワークの軽いあの人が、自分で行くのではなく。

「ふん。臥煙先輩のチーム編成の意図が、俺達の減刑と言うか、その辺りにあるのはおよそその通りだろうが、しかしその中核にある理由は、また別だろう」

「？　どういうこと？　そりゃ、私の修業もかねてってことだと思うけど……」

「それこそ二の次、三の次だ。お前の修業にしては、このミッションはあからさまにハイレベル過ぎる……、誰の修業にしたってそうだ。洗人の退治など、本来は一線の専門家の仕事だ——俺のようなはぐれ者や、余接のような異端の怪異の仕事じゃない。まして見習いのルーキーの仕事では」

それは私もそう思います……、思いますが、正直なところ、人間性はともかく、プロの専門家としての貝木さんをアテにしていただけに、それは痺れる発言でした。

プロが私と同じことを言わないでくださいよ。

ここに来て、そんな弱音を陰気に吐かれても……、もう乗っちゃってますよ、飛行機に。ファーストクラスに。

これじゃあ詐欺ですよ！

こうなったら、あえて将来の不安には目を向けず、イリオモテヤマネコに話を戻しましょうか……、可愛い猫ちゃんの話をすれば、人間の精神は途端に落ち着きますからね。

「羽川翼を知っておきながらよくそんなことが言えるな、お前は。感心するよ」

感心を通り過ぎることなく、呆れたような貝木さんです。

この旅が終わるまでに、貝木さんから本物の笑顔と本物の誉め言葉をいただきたいものです――ハートウォーミングな結末を望みます。

そう言われても、意外とないんですよ、私と羽川さんとの間に、接点。

人見知りな私が達急動で逃げちゃったせいもありますけれど……、ちゃんと話したことさえ、実は一度もないんじゃありませんか？　それでも、猫の怪異に取り憑かれていたとか、そういう噂は聞いたことがあります……、だから達急動で逃げたわけではありませんが、猫耳委員長とか、なんとか。

「そんなにみんなが言うほどすごい人だったの？　噂が先行しているだけで、実は頑張れば私でもなんとか勝てるくらいだったんじゃない？」

「知らないということは、時に強さでもある」

詐欺師から格言が出ました。

詐欺師が言うと、より嘘っぽくなる格言ですね――私のごとき無知の集合体が言っても大概でしょうが。

「僕も身の程知らずな発言だとは思うけれど、しかし、今に限っては心強いとも言えるよ。確かに羽川翼はすごい奴で、ブラック羽川はすごい怪異だったけど、イメージほどうまくやってるわけじゃないからね。巨乳と同じくらい、パワーを持て余していた。よく見ればあいつは結構失敗もしている。鬼のお兄ちゃんにもしっかり振られている」

そうなんですね……、しっかり振られていると言っても、私のような頓珍漢な失恋になってはいないのでしょうが。きっと『しっかり』の部分が重要なのでしょう。

「いやいや、いい勝負だよ、マジで。悲恋の様子に関しては。そう考えると、すべてが鬼のお兄ちゃんの責任であるという乱暴な推論も、あながち馬鹿にできない」

裏返すと、すべてが旧ハートアンダーブレードのせいであるとも言えるんだけどね——と、斧乃木ちゃんは、ライバルの幼女に言及しました。なんでしょう、上巻を振り返っての発言でしょうか……、上巻を振り返ること自体、時系列的にはアウトでしょうに。

タイムパトロールの特権ですね。

「そもそも、千石。イリオモテヤマネコは、羽川翼の中にいついていたイエネコとは種類が違う。いわゆるノネコとも違う」

「ノネコって？　野良猫じゃなくて？」

「簡単に言うと、野良猫は保護対象だが、それをノネコと名付ければ駆除できるんだ」

簡単に言わないでほしいエピソード……。

野良犬と野犬の違いとは、趣を異にしますね。糊塗したい現実です。

「でも、イリオモテヤマネコはノネコじゃないの？　西表動物園で飼育されているわけじゃないんでしょう？」

「そもそも西表動物園なんてない——西表島自体が天然の動物王国であるがゆえに。島の九割がジャングルだぞ」

ジャングルって日本にあるんですね――ジャングルジムしかないと思っていました。

「ジャングルを実際に体験すれば、あの遊具をジャングルジムと名付けるのは、さすがに名前負けなんじゃないかと思わされるぞ、千石」

「何、その振り……、脅かさないでよ、貝木さん。ジャングルを実際に体験するわけがないでしょ？ さっきの突っ込みから予想するに、イリオモテヤマネコがいるから西表島なんじゃなくって、西表島の西表山にいる猫だから、西表山猫なんだよね？」

「いい線いってるが、西表山もない」

八重山だ、と貝木さん。

意外と褒めて伸ばすタイプなのでしょうか、このかた……、それとも、おだてて騙し取るタイプなのでしょうか。

八重山……。

そう言えば、八重山諸島というくくりもあるそうですね、ガイドブックを熟読、もとい、流し読みしたところによると。

「そもそも区切る場所が違う。西表の山猫だから、イリオモテヤマネコだ――世界中で西表島にしか生息していない、究極の固有種。イエネコでもノネコでも野良猫でもなく、山猫だ」

「？ だから、山にいる野良猫が山猫でしょ？ 羽川さんの猫とどう違うの？」

「教え甲斐のある生徒だ、まったく。機上でとんだ青空教室だぜ。これでも俺は昔、教師を目指していたからな」

指摘するまでもない虚言を。

教師を目指して詐欺師になるなんて、同じ師でも大違いですよ。

「貝木のお兄ちゃんは優秀な家庭教師から薫陶を受けているからね。教師には不向きでも、家庭教師には向いているのかも。山にいる野良猫が山猫なんじゃなくて、山猫だから山にいるんだよ、撫公。この辺はまあ、鶏が先か卵が先かのネーミング合戦だけど……、猫と山猫は別の生き物だと思ったほうがいい。ブラック羽川の例をあげるまでもなく、人間と共生していると言うべき野良猫やノネコとは違って、山猫は完全なる野生だよ」

見た目も生態もどちらかと言えば虎や豹に近い。

そう斧乃木ちゃんは言いました。

棒読みにしては厳しい口調で。

「山猫って言えば……、マルネコが山猫なんだっけ？」

「マヌルネコだ、それを言うなら。確かにフォルムはマルネコっぽいけれど」

あちらも絶滅危惧種だ、と言ってから、斧乃木ちゃんは続けます。

「羽川翼はその後、虎も産んだけれど、あれは動物園の虎だったな。羽川翼に飼育されていた……、それに比べると、イリオモテヤマネコは、西表島において生態系の頂点だ。誰にも懐かないし、何にも怯えない。天敵はいない」

ちょっとイメージと違いますね。

猫という言葉だけで、可愛いと決めつけていました……、野生ですか。島の九割がジャングルだと言うなら、そりゃあそうなのでしょうが……、地域限定型の百獣の王というわけです。

いい意味で、文字通りお山の大将ですね。

「絶滅危惧種だから、保護されているっていうイメージも強かったけれど、頂点なの？」

「厳密に言うと、頂点は自動車だな」

山猫の天敵は人類だ。

と、貝木さん。

どう見ても動物好きではなさそうな人ですし、その言葉には容赦がありません。

「ロードキルという奴だ。だから西表島には、山猫用のトンネルが設置されている」

「ぐ、遇され過ぎじゃない？」

キャットドアと言いますか、猫専用の玄関みたいな感じですか？　それはイエネコの場合でしょうが……、余計なお世話ですが、それでは野生に帰れないんじゃ？

「公園での鳩の餌やりとは違うんだよ。野良猫の保護とも違う。保護しないと絶滅しちゃうんだから……、百匹くらいしかいないんだよ？　まあ、お前の言う通り、猫だから保護されているという側面は否めないのも確かだ。東洋のガラパゴスとも言われる西表島には、他にも天然記念物も希少生物も山ほどいるのに、イリオモテヤマネコの知名度は圧倒的だもんね」

一番強く、一番有名だから、一番保護されているというのは、シニカルを感じずにはいられませんね——有事の際には一番乱獲される立場にいるという事情も、もちろんあるにしても。

「じゃあ、イリオモテヤマネコに会ったら、優しく撫でてあげなきゃね」

「絶対にやめておけ、千石。これは嘘じゃない、馬鹿にして言っているわけでもない、マジの忠告だぞ」

「保護も何も、出会ったら人間なんて食べられちゃいかねないよ」

「そ、そうなの？　天敵じゃないの？」

「自動車に乗っていればね……、人間なんて下等生物は、一対一の素手じゃイエネコにだって勝てないでしょ」

期せずして死体人形から生物として見下されてしまいましたが、でも、それはそう言いますよね。一対一の素手と言っても、野生の獣は爪があるんですから。

人間にも爪はありますが、それは深爪するためにあるような爪ですものね。

しかし、勝ち負けと喰うか喰われるかというのは、別の話なのでは……。

「そういう話は上巻で散々したから、繰り返すのはよそう」

斧乃木ちゃんが配慮を見せました。上巻の事情を知らない私への配慮はありませんが……、タイムパラドックス的な情報の非対称性に、すっかり翻弄されていますよ。

「お前など、ヤシガニにも勝てまいよ。指を切断されるのがオチだ。そもそも天然記念物と戦うなどとんでもない話だぜ。もしも喰われそうになったら、おとなしく喰われてやれ」

病的な愛猫家みたいなことを、貝木さんが言い出しました——愛玩動物嫌いに見せかけて、まさかの猫派？

私も別に、飼いたいほどじゃないにせよ、猫が嫌いというわけではありませんが、だからと言って食べられてもいいとは思いませんよ。

「食べちゃいたいくらい可愛い猫ちゃんでも？」

「牙がある時点で怖いよ」

猫は牙どころか、舌でさえ、獲物の肉を削ぐために尖っていると聞きますからね。

斧乃木ちゃんの茶々に私がそう返すと、

「牙もあれば舌も割れている蛇のお前が言うかね——心配しなくとも、絶滅危惧種だけあって、会うこと自体滅多にない。西表島に住んでいてもなかなか会えない幻想生物だ——そういう意味じゃ、怪異よりもレアだ」

そう貝木さんは言いました。

なるほど——吸血鬼も絶滅危惧種だって言われてましたけれど。

「その話も上巻でした」

「NGワードが多くない？　後出しの下巻のほうがキツいよ。残り物でお弁当を作るみたいな腕の試されかたをしている。……吸血鬼と言えば、西表島独自の蝙蝠みたいなのもいるんだっけ？」

「いるし、それを言うなら、蛇のお前が喜びそうなハブもいる」

そりゃあいるでしょうね。地域によってはあの毒蛇、捕まえたら一匹あたり三千円いただけるんですよね。副業のチャンスだと煽られました。

「そういう島だから、洗人迂路子……さんは、アジトを据えているの？　ハブを崇め奉っている専門家なのかな」

「ようやく建設的な疑問文を口にしてくれたな、千石」

と、貝木さん。

貝木さんの振りがあってこその疑問文でしたけれどね……、斧乃木ちゃんは蛇獲り名人とか言ってくれますけれど、私が地元の山で獲っていたのは毒蛇じゃあありませんからね。

「しかし、そこは難しい。洗人は蛇遣いではあるが、しかし必ずしも使う蛇をハブに限ってはいないからな。マムシもコブラも使えば、毒蛇でなくとも使役する——はっきり言えば、『どうして洗人が西表島に本陣を構えているのか？』を調査するのが、俺達の唯一の任務だ」

「え、そうなの？」

倒さなくっていいんですか？　悪の親玉を。

すっかり前のめりでしたけれど。

空回りしていました？　私。

「もちろん臥煙先輩からはそう言いつけられているが、それはいわば心構えのようなもので、あの人もそこまで過ぎた成果を、俺達みたいなアウトローに望んではいまいよ。言うならば偵察部隊であり、遊撃隊だ——捨て石と言ったら言い過ぎだが、十五年にわたってやりあっている宿命の敵との決着を、そう簡単につけられるとは、さすがの無茶ぶり先輩も思っちゃいまいよ」

無茶ぶり先輩。

なんともしっくりくる仇名ですね。

そもそも私が一時期、分不相応にも神の座を務めたのも、臥煙さんの無茶ぶりが招いた結果と言えます。

しかし、そう聞くと拍子抜けではありますが、ちょっと肩の荷が下りた気分にもなりますし、そりゃそうかという安心感がありました。無茶振り先輩の無茶にも、限度があるというわけです。

ここのところ、強制的に場数を踏まされているとは言え、まだまだ素人の私の副業感覚で、くだんの洗人を差し止めようなど——ただ、十五年ってすごいですね。

「臥煙さんは、私が生まれた頃から、その蛇甑と切ったはったのすったもんだを続けているってことだよね。やっと突き止めたアジトなんだから私達を使いに出すのは、むしろ慎重なくらいなのかな……、どうして西表島に本陣を構えているのか、か。確かに、想像もつかないね」

「沖縄には御嶽という聖地があるんだよね。ハワイで言うところのヘイアウのような……、何か関係あるかも」

先程来、沖縄文化のみならず、ハワイ文化にも見解を持ちますね、斧乃木ちゃんは……、私なんかにはアロハとかりゆしの区別もつきませんけれど。

「それは俺にもつかない。ブランドもののアロハを着ている忍野の野郎なら、あれこれご教示いただけそうなものだ」

ブランドものなんですか、あの薄汚い……、失礼、薄着のアロハが？

「『薄汚い』を言い直して『薄着』になるとはね。アロハ服がハワイで正装であるように、かりゆしも沖縄では正装だと聞くから、到着したら空港で着替えよう。そして三人でフラを踊ろう」

「それはハワイ独自、もしくはいわき市では？」

「僕のいい加減なネット知識によると、アロハ服の起源は日本のキモノにあるとか、ないとか」

語尾をふわっとさせて、あやふやな雑学を誤魔化しましたね。

ふむ。

着のみ着のままなので、現地で海人Tシャツを買おうかと思っていましたが、かりゆしも悪くありません。

「到着してすぐに現地の衣装に着替えるなど、おのぼりさんの極みだな。俺は絶対にそんな恥ずかしい真似(まね)はしない。現地の伝統的な衣装をよそ者のツーリストが軽々しく着ていいのかというセンシティヴな問題もある」

貝木さんはノリが悪いです。

喪服みたいな格好でファーストクラスに乗ってらっしゃるかたに、ノリを求めるほうがどうかしているのでしょう……、サングラスをかけていてもいなくても、太陽を直視できるくらい暗いおかたです。

「貝木さんは、途中で臥煙さんと絶縁したから戦線離脱したとして……、アロハの忍野さんは、臥煙さんと一緒に、洗人さんを追っていたの？　その手がかり、足がかりとしてアロハ服を着ていたってこと？」

「そうやって、何もかもを無理矢理伏線だったことにはしない……、忍野は洗人とはほとんど関(かか)わっていないよ。臥煙先輩ばかりに肩入れするのは、あいつの中立主義に反するのだろう。俺も今回が事実上の初参戦だ。唯一、昔から積極的に絡んでいたのは影縫かな……、そうだろう、余接？」

「そうだね。お姉ちゃんの場合は、頼まれもしないのに勝手に首を突っ込んでいただけだけれど……、だから僕は、少しだけ洗人のことを知っている——お姉ちゃんは不死身の怪異が相手なら、なんでも首を突っ込むからね。首の奥まで手ェ突っ込んで、奥歯がたがた言わせちゃうからね」

関西弁のすごく怖い脅しじゃないですか。

首の奥まで手を突っ込まれなくても、奥歯ががたがた震えますよ。

「でも、洗人さんって、不死身の怪異なの？　蛇遣いなんじゃ——」

「蛇の怪異は、だいたい不死身の象徴だから。脱皮のイメージが強いんだよね。もっとも、そんなお姉ちゃんをしても、洗人の正体までは迫れなかった——くねくねうねる蛇は、直線的なお姉ちゃんの戦闘スタイルとは、相性が最悪だから」

「ん……、でも、そういった幹部クラスを積極的に動員してこなかったってことは、臥煙さんはそこまで本腰を入れて、洗人さんと対峙していたわけじゃないってこと？　専門家の頭領として、重要な仕事ではないって、十五年間、後回しにしていた──」

「重要な仕事ではなくとも、重要視はしていただろうな。後回しにしていたのではなく、迂回していたのだ。個人的な事情があって──俺達が臥煙先輩にとって幹部だったかどうかは定かではないが、洗人は臥煙先輩にとって患部だった」

お前が生まれた頃から戦っていた。

それは確かだし、的を射た表現だ。

そんな風に貝木さんは、私の言葉を引用しましたが──引用するほど大した言葉だったとは思いませんが？

単に私が十五歳ってだけですから。

「いや、戦い続けて十五周年というこのタイミングは巡り合わせのようでもあるし、お前が十五歳であるというのが、臥煙先輩にとってはインスピレーションだったのだろう。でなければ、いくらなんでもこの局面であの棋士が、まさかの見習いを動員するまい──お前が洗人と同い年であるからこそ、投影したのだろう」

「投影？」

いえ、そこじゃありません。

私が洗人さんと同い年？

「じゃあ……、洗人さんって十五歳なの？」

「十五歳じゃないと言った憶えはないぞ」

そりゃ、わざわざそんな但し書きはしないでしょうけれど……、米印は必要必須じゃないでしょうけれど、それにつけても驚きです。だって、これまで聞いていた、実際に私が体験した洗人迂路子さんの悪行三昧から、そんな子供年齢をイメージすることは極めて難しいです。

臥煙さんと……、とは言わないまでも、忍野さんや貝木さん、それこそ影縫さんと同世代だと、なんとなく思っていましたが……、八十代の老人が出てきても驚かなかったでしょうけれど、しかし十五歳って。

「十五歳なんて、子供も子供、一番純真無垢な年頃じゃないの」

「やあ、今までで一番面白い台詞だよ、撫公。このギャガーめ」

ギャグで言ったつもりはありませんでしたが、いやはや、確かに私の人生を振り返ってみれば、子供であることが、悪事に手を染めない理由にはなりませんよね。

月火ちゃんや哭奈ちゃんを思い出すまでもなく……。

「正義の味方であるファイヤーシスターズの元参謀担当、阿良々木月火が、いつの間にか極悪人枠に当たり前みたいに入っているね……、酷い悪墜ちだよ。遠吠哭奈の犬、もとい件も含めれば、お前の場合、類友とも言える。まあ、臥煙さんにとっては、活用するのは阿良々木月火でもよかったのかもしれないけれど、あいつは十五歳とはとても言えないから。それに、一時は蛇神だったお前なら、蛇遣いである洗人と条件は対等とは言わないまでも、いい勝負になると考えたのは事実だろう。条件だけで見れば、シンプルに暴力的なお姉ちゃんよりいいよ」

影縫さんは無条件でしょうに。

あの人に条件も条約もありませんよ。

しかしながら、十五歳だから十五歳相手に動員されたと聞くと、とても複雑です……、なぜなら私が不登校児になった理由はいろいろありますが、『クラスのみんなとうまくやれなかったから』という要因が、それはそれは大きいのです。

漫画家を目指すだけなら、別に学校に行きながらでもできますからね――むしろ、多くの志望者はそうしているはずです。

にもかかわらず私が一年以上、自室やアパートで引きこもり続けているのは、ぶっちゃけ、同世代のクラスメイトが怖いからです……、一日登校しないごとに、倍々に怖くなっていきます。

去年までは十四歳だった、今年十五歳になる皆さんのことが、怖くて怖くて仕方ないのです。

「だから撫公は、僕みたいな童女か、貝木のお兄ちゃんみたいな大人としかつるまないんだね。同世代恐怖症だ」

「言いかたはともかく、それはあるかも」

「別に洗人とお友達になれ、仲良くしろと、臥煙先輩も言っているわけじゃないさ……、自分は誰とでも友達になる臥煙先輩ではあるものの、そんな親心は働かせまい」

「もう……、そんな、やめてよ、貝木さん。確かに臥煙さんは私にとてもよくしてくれるけれど、さすがに私のことを、娘とまでは思っていないってば」

だいたいそんな歳じゃないでしょう、臥煙さんは……、なにせ、『なんでも知ってるおねーさん』なんですから。

「私のことを年の離れた妹だと思っているくらいならともかく……」

「それはそれで嫌でしょ、お前の場合は。戻りたくないでしょ、鬼のお兄ちゃんを暦お兄ちゃんと呼んでいた時代には」

戻りたくないですねー。

私が同世代と遊びたがらない子供であったのは、思えば小学生の昔からだった証左とも言えますが──しかし、私のそんな出自や心的外傷には興味がないようで、貝木さんは、

「勘違いするなよ」

と、ツンデレみたいな台詞を言いました。

変に似合います。

「親心と言ったのは、お前に対してじゃない。洗人に対する親心だ──どれだけ反目しようと、娘は娘だからな。絶縁した後輩を相手にするのとはわけが違う」

……え？

反目しようと——娘は娘？

「ああ！　ハンモックって言ったんだ！」

「ここでハンモックとは言わない——どんな南国リゾートだよ。サップじゃなくてシャラップと言いたくなるぜ。なんだ、聞いていなかったのか？　だったら五百円で教えてやるが、洗人迂路子の本名は臥煙雨露湖。臥煙伊豆湖の実の娘だよ」

003

目的地に向かう機内でのアイドリングトーク、沖縄方言で言うところのゆんたくだと思い込んでいたところに、とんでもない爆弾が放り込まれてきました——なんですと？

洗人迂路子が、臥煙さんの実の娘？

実は娘？

「ど——どういうこと？」

「五百円」

「はい」

言われるがままに支払いました。

映画アベンジャーズ、第一作における、キャプテン・アメリカの支払いかたです……、五百円札だったらよかったのですが。沖縄では二千円札が今でも使われているというのは本当でしょうか？

お目にかかりたいものです。

今となっては私が生まれる前のお札ですよ。

ともあれ、五百円硬貨を手のひらに渡したからというわけではありませんが、すっかり詐欺師の手のひらの上です——ファーストクラスの飛行機代に比べれば、消費税にもならないような価格かもしれませんけれど、自活している不登校児にしてみれば、やはり巨大な硬貨です。

二千円札には、そう言った意味でもなかなかお目にかかれません。

しかし、ここで話を終わらされては、蛇の生殺しではないですか――そりゃあ身内の貝木さんや、斧乃木ちゃんにとっては明白なことで、今更説明するまでもないことなのかもしれませんが――

「えええええええええええええええ？」

……私の膝の上で、斧乃木ちゃんが震えていました。棒読みで。無表情で。しかし、ゾンビならぬ鯰のごとく、震えていました。

しがみついていることも相俟って腹筋を鍛えるマシンもさながらですよ。

首の奥に手を突っ込まれたときのように（確信はありませんが、たぶん影縫さんにやられたことがあるでしょう）、がたがたです。

「が、が、が、臥煙さんの娘……？　何それ、僕、聞いてないよ……」

動揺とかするんですか、斧乃木ちゃん。

なんだかんだで結構付き合いも長くなりましたけれど、初めて見ましたよ、死体人形のそんなリアクション。

表情はとことん無表情ですから、よりパニック感があります。

「お姉ちゃんも知らないと思う……、そんな情報を五百円で売るなよ、貝木のお兄ちゃん」

「あ、でも、もしかしていつもの奴？」

「俺の嘘を『いつもの奴』で済ますな。これは正真正銘、『本当の奴』だ……、影縫も忍野も知らない情報だがな」

俺が知っているのはたまたまだ、と貝木さん。

たまたま。

嫌な言葉ですね。

「これは余接も知っていることだが、影縫や忍野より、俺は臥煙先輩と少しだけ付き合いが長いからな――臥煙先輩と言うより、臥煙先輩の姉とだが」

臥煙さんのお姉さん――臥煙遠江さん、でしたっけ。旧姓で、のちの神原さんのお母さん、神原遠江さんですよね――故人のはずです。

決して私とも無縁ではありません。

死してなお、そのくらいの影響力のあるかたです

——しかし。

「え、でも、さっきも言ったけれど、臥煙さんってそんな年齢じゃないよね。『おねーさん』であって、お母さんって感じじゃ——」

「お母さんって感じじゃない。そうだろうな。本人もそう言っている——自分は母親なんかじゃない、と」

そんな強い意味で言ったつもりはありませんよ。単純に年齢のお話です……、不登校児とは言え、中学生の私から見れば、そりゃあもちろん立派な大人ですけれど、それでも、年齢一桁の子供ならまだしも、十五歳の子供がいるようには、どう見ても見えません。

「そうだよ、貝木のお兄ちゃん。確かに撫公の言う通り、臥煙さんは若作りなファッションを纏ってはいるけれど」

「だから言ってないって。発言責任を私に負わせないで」

「あのいかれたヒップホップみたいなファッションセンスは、自身に母親の資格がないことを言い聞かせるための若作りなのかもしれないな。千石の推測通り」

どいつもこいつも、私に悪口の責任を押しつけて……、どれだけ臥煙さんにビビっているんですか。

フランクな組織のようで、意外と上下関係が確立したグループですね。

子供じみた若作りが、親であることを拒絶する深層心理の表れだなんて……、それこそ、あとから無理矢理伏線だったことにしていません？　うんとは言えませんよ、うんともすんとも。

母親という感じに見えないのは。

自身がそれを拒んでいるから？

「自己プロデュースの結果……、臥煙さんって、そもそもの話、おいくつなの？」

女性に年齢を尋ねるのは失礼であるというマナーも、ジェンダーの時代には却って分断を生みかねませんが、ファッションを差し引いても、年齢不詳なかたであるのは確かです。

それを言ったら、忍野さんや貝木さん、影縫さんも、自分の親や学校の先生がたに比べて、大人びていると言ったら嘘になりますね。

「僕の知る限り、専門家はみんな、まるで不死身の怪異のごとく若いよね。怪異と遊んでばかりいるからなのか、誰も彼も、年々年齢不詳になると言うか――ほら、やっぱりフリーランスはノンストレスだから」

「フリーランスにとって、もっともストレス要因になりそうな偏見を死体人形が言う……、貝木さんって何歳？」

「五万円」

たかっ。

なんで臥煙さんの秘密の親子関係よりも、貝木さんの実年齢のほうが、開示料金が高いんですか。それも百倍も。

ファーストクラス料金。

貝木さんの年齢がはっきりすれば、その大学時代の先輩である臥煙さんの年齢も推測できると思ったのですが……。

目論見が外れました。

大学は四年生までだから……、貝木さんより、最大で三つくらい上？

「それはわからないぞ。中学中退のお前には関係のない話だが、俺達の通っていた大学は最大で八年生まで、留年することが可能だったからな」

その話とは、是非とも関係なくありたいものですが……、じゃあ、最大で七年年上という想定も可能なんでしょうか？　フェルミ推定っていうんでしたっけ、日本にピアノの調律師が何人いるかというクイズを考えるときのように考えれば、忍野さんや影縫さんと同期だと思われる貝木さんが（多少浪人していたとしても）およそアラサーだとして、三年から七年の中間である五年を基準にすると、臥煙さんの実年齢は、およそ三十半ばと見るべきでしょうか？

三十半ば……。

そう言われてみれば、まあ、見えなくはないですが……、フリーランスでなくっとも、芸能人だったり、アスリートだったりだと、同じ年齢でもっと若く見えるかたもいますしね。

美容と健康は、数字通りではありません。

ただ、年齢はともかくとして、やはり子持ちには見えませんよ。それも、十五歳の子持ちには——見た目ではなく性格の問題です。悪名高き洗人さんが私と同い年というのもなかなか考えられませんが、それ以上に、臥煙さんの子供だということのほうが考えにくいですね。

「第一、十代の頃に生んだ子ってことになりかねないじゃない」

「おやおや。それが悪いとでも言うのか？」

「いや、もちろん悪くはないけれど……」

まるで私が偏見に囚われているみたいに。

しかし、常識には囚われているかも……、私の親も、子供が子供を産んだとまでは言わないにしたって、あんまり親って感じじゃあ、ないのかもしれませんし……、親は、いったい何をして親なんでしょうか？

親とは？

子供であることに失敗した私には、なんとも言えません。

「飛び級の可能性を考えれば、それこそお前と同い年の十五歳で母親になったという可能性も否定できないが、それだって悪くはない」

悪くはないでしょうが、推奨もされていないでしょう、現代の日本では。

……十五年前は違ったのでしょうか？

「価値観って意外と短期間で変遷するからね」

と、斧乃木ちゃん。

震えはどうやら止まったようですが、しかし心なし、私の胴体に回した両腕は、先程までよりもがっちりとホールドされているように感じます。シートベルトいらず。

何事にも動じない死体人形に、これまで何度となく危機を救われてきましたが、しかし臥煙さんの娘が敵であるとわかり、さすがに戦き(おのの)を禁じ得ないようです、斧乃木ちゃんだけに。

「でも、どうせあれでしょ？　貝木のお兄ちゃん。洗人迂路子が臥煙さんの実の娘なんて言っても、それは気持ちの上での実の娘みたいな感じで、血が繋(つな)がってるわけじゃないんだよね？」

衝撃を下方修正しようとしていますね。

しかし、その発案には私も乗りたい。

一枚噛んでおきましょう。

「つまり、大人の親心で、この私を娘のように思っているように、臥煙さんは洗人さんのことも娘のように……、そうだよね、貝木のお兄ちゃん」

「誰が貝木のお兄ちゃんだ。お前が言うな。そして余接も言うな」

いけない、先祖返りしてしまいました。

先祖返りというほど昔ではありませんが、私の妹キャラ時代に――ただ、私が娘キャラでないことは、さっき言及した通りです。

繰り返しますが、千石撫子は子供であることには失敗したのです。

「そんな軟着陸はありえないが、しかし、臥煙先輩がお前に、実の娘である洗人を投影していることは事実だろう――どちらも蛇だし、意外と似ているのかもしれない」

悪の親玉と似ていると言われましても。

蛇繋がり……。

よもやまた、自分自身との対決みたいな展開になるのでしょうか――『ラスボスが実は自分自身』は、もうあらゆる角度からあらゆるパターンをやり尽くしたはずですが。

自分探しも限界ですよ。

「ラスボスが実は実の親だったっていう展開も、ドラマ近辺でよく見るけれど、それとは逆にラスボスが実の子供だったたっていう展開は寡聞にして聞かないな……、よかったね、撫公。将来、きっと漫画にできるよ」

「受けが悪そう……」

顰蹙必至です。

しかし、親子対決というテーマ自体は、シェイクスピアの古くからあるもので、善悪はさておき、最終的に親は子に殺されるストーリーラインになりがちです。

いわゆる親殺しです。

親子対決で親が勝ったという話こそ、寡聞にして聞いたことがありません――そこにカタルシスも面白味も意外性もないというのもあるでしょうし、いったい誰が子殺しを見たいんだという話でもあるでしょう。

「自然界ではあるあるだけどね。ライオンが千尋の谷に我が子を突き落とすという文化は――殺し損ねた獅子の子は、親に復讐に来るのかな」

「だとすれば、臥煙さんが自ら西表島に乗り出さないのも納得だね……、宿命の対決で、負けイベントを演じるのは不本意だろうし」

単に、疎遠だった娘と顔を合わせるのが気まずいというわけではないと思いたいです……、臥煙さんの育児放棄の結果が十五年にわたる確執だったというのであれば、そこに巻き込まれたくないのが本音ですよ。

民事不介入です。

民事再生法を適用してください。

「その辺は、羽川翼や老倉育の意見も聞いてみたいところだね。あのネグレクトのご意見番達のご意見を。親に甘やかされた鬼のお兄ちゃんじゃ関与できない」

「私も大抵、甘やかされたほうだけど……」

「お前の場合はスポイルされたというべきだな、千石。その反動で、今は独立心が高まっているようだが……、それはお前の両親にとってもいいことなのだろう」

まるで私のご両親と会ったことがあるかのような口ぶりですね、この詐欺師さん。千石夫妻はまだ高齢者というほどの年齢ではありませんけれど、しかしプロにかかれば、あっという間に食い物でしょう。

「親子関係の難しさの究極系みたいだけれど……、そうか、だから退治しちゃったら駄目なんだね。あくまでもアジトに探りを入れるだけで……、実の娘が、私達みたいならず者集団に倒されることまでを、親として臥煙さんが望んでいるはずがないものね」

「親としてというのはどうだろう。臥煙先輩が自分を母親なんかじゃないと思っているのは、謙遜でも自虐でもなく、ガチで母親の資格がないからだからな……、十五年にわたる確執は、親子の情に基づくものではなく、過去の不始末にケリをつけたいという気持ちが強いはずだ」

私の娘を倒せるものなら倒してみろという発破は、かけられていると思ったほうがいい——と、貝木さんは言いました。

格好つけず、ちゃんと打ち合わせをしてきてほしいですね。

先輩後輩の暗黙の了解ではなく。

裏事情を匂わされたことで、何がミッションの達成条件なのか、いまいちややこしくなりましたよ——そもそも、どんな条件でも、相手が臥煙さんの実の娘というだけで、極めて達成困難であるように思えてなりません。

「そんなに気になるなら、お前こそ臥煙先輩本人に訊いてみればいいだろう。呵呍の呼吸で訊いてみればいいだろう。洗人はあなたの娘だそうですが、どう対処するのが正解ですか？　と」

「訊けるわけないじゃない」

怖い怖い怖い。想像するだけで怖い。

斧乃木ちゃんよりブルっちゃいます。

現在の私の不登校生活が、現状ほぼ完全に、経済的にも精神的にもあの人に依存していることを差し引いても、そんなプライベートにずけずけと踏み込めませんよ。

無知の強みを思い知ります。

知ってはいけないことを知ってしまったことを、知らない振りをする方法を必死で考えていますよ、むしろ。

「『を』って何回言うんだよ。乗り換えはやめて、那覇空港で折り返して帰ろうか、撫公。あとからあとから新しい情報が付け加えられるなんて、こんなのは詐欺の常套手段でしかない」

なんとも魅惑的な斧乃木ちゃんからの誘いを、咄嗟に突っぱねるだけの矜持は、このときの私にはありませんでした——しかし、たとえ躊躇したあとであっても、この誘惑に賛同しておけば、南の島で待ち構える、これまでの見習い仕事、ちょっとしたお手伝いとは比べものにならないような過酷なその後の展開を経験せずに済んだことを思うと、悔いるべきは、半可通になってしまったことよりも、むしろピンチの予感にはすぐに逃げ出す精神的な弱さを失ったことなのかもしれません。

かと言って今更戻れませんよね、あの頃の可愛い千石撫子には。

臥煙さんが十五年前に戻れないように。

あるいは洗人迂路子が生まれる前に、戻れないように。

004

無人島にひとつだけ持っていくなら、何を持っていく？　よくある心理テストですが、よくあるだけあって、答には人間が出ます。

サバイバルナイフ。生きようという意志を感じますね。お気に入りの一冊の本。愛書家でしょうか、しかし同時に、遭難という現実から目を逸らしているとも言えます。スマートフォン。今時ですが、無人島に5G電波は飛んでいますか？　二重の意味で遭難しそうです。着替え。旅行気分では困ります。家族の写真。これをさみしがり屋と判断するのは早計で、メンタルケアを重視する姿勢は、無人島向きと言えそうです。カップラーメン。インスタントに、食べることは生きること。ライター。火を起こすレジャーは楽しみたくありませんか？　テント。テリトリー意識が強めです。ラジオ。行動にＢＧＭが欲しいタイプ？　シンプルに水。ぐうの音も出ない正論ですね。発電機。無人島で神になりたい？　日焼け止め。美しい自然の中、美容を重視されますね。段ボール。応用を大切に整理整頓、お引っ越し。ペット。非常食じゃありませんように。丈夫なロープ。まさか首をくくるつもりじゃありませんよね？　銛。狩猟よりも多少は安全なイメージが。網。まさかの昆虫採集を？　リュックサック。意外とパーツが多く、多用的で実用的だと聞きます。お布団。とりあえず困ったときは寝ちゃいたいですか？　エトセトラエトセトラ――『ひとつ』という言葉を大きく捉えて、家とか重機とかキャンピングカーとか船とか、ドラえもんとか答える人は、まあ、そういう人間だということでしょう。
で。

質問だけして、鬼の首を取ったような人間観察をこれみよがしに口にするのは本意ではないので、私は私の答を用意するべきなのですけれど、しかしその前に、無粋とも思えるこの心理テストが、実はとても優しい条件のもとで発せられていることを認めなくてはなりません。

なんと、心理テストは意地悪クイズではなかったのです。

無人島という環境を生き延びるために、『何かひとつ』だけとは言え、アイテムを持って行くことを寛大にも許してくださっているのですから——気付いたとき、私は着のみ着のままでさえありませんでした。

砂浜。

波の音で、私は目が覚めました。

燦々と照り盛る太陽の下、すっぱだかで——波の音で目が覚めたとロマンチストみたいに言いましたけれど、実際には紫外線による肌の痛みで目が覚めたのです。

日焼け止めが欲しい！

真っ先にそう思いました。

季節的には、ほとんど真冬とも言っていい時期のはずなのですが、まるで真夏日のような容赦のない太陽です——燦々とどころかギラギラですし、なんならメラメラです。まな板の上の鯉ならぬ、フライパンの上の鯉みたいな気分を味わいました。それとも鯉濃ですか？ 皮膚が沸騰しそうです。灰汁が出まくりですよ、私なんて。

「え——あれ？ 斧乃木ちゃん？ 貝木さん？」

咄嗟に辺りを見回すも、見渡す限り、砂浜には人っ子ひとりいません——すっぱだかなので、そばにいられても困るのですが、この場合、もちろん、そばにいられないほうが困ります。

そばにいてくれるのが相場です。

しかし砂浜にも、眼前に広がる紺碧の海にも、振り返った後ろで鬱蒼と茂る山々にも、人影も気配もありません。満目蕭条とはこのことです。雄大なる大自然をひたすら感じられるだけでした——あるいは、ひたすら感じられるのは、圧倒的な孤独感かもしれません。

「む——無人島？」

厳密に言えば、この時点でここを島だと判断するのは早計です——まだ砂浜エリアしか把握していないのですから、もしかすると、私は鳥取砂丘に流れ着いたのかもしれないじゃありませんか。砂丘と砂漠の違いは、また今度考えるとして——しかしながら、実際のところ、ここが島か陸地かは、さして重要ではないのです。

そりゃあ島のほうが最悪ですけれど、たとえここが地球上で最大の大陸だったとしても、あるいはオカルティックにムー大陸だったとしても、『無人』であることに比べれば、島も大陸も、大した違いはありません。

すっぱだかであることも、極めて些末です——スクール水着だったりブルマ一丁だったり、数々の難局を乗り切ってきた私にしてみれば。

いえ、でもこういうのはもう時節柄やめるって結論になったはずでは……、中学生を脱がせるっていうお笑いはもう過去の遺物になったと聞いていましたのに。

なにゆえこんなことに？

話が違いますよ。

もしかしてヌーディストビーチに流れ着いたのでしょうか……、あれはフランスでしたっけ？　ここはヨーロッパ大陸？　それとも、散々、飛行機の中で斧乃木ちゃんに沖縄の離島についてあらぬことをまくし立てた罰が、こういう形で当たったのでしょうか？　島流しって、離島の罰が厳し過ぎますよ。

——飛行機。

そうです、私は飛行機に乗っていたはずです——思い出しました、分不相応にもファーストクラスに搭乗し、不似合いにもファーストクラスの食事に舌鼓を打っていたはずです。

こんなちゃんとした、お皿に乗ったお料理が乗り物の中で出てくるなんてと、直前まで交わしていたシリアスな会話がどこかに吹っ飛ぶくらいの感動を覚えずにはいられませんでした。

一方で、不登校児とは言えいち中学生である自分が、こんな度の過ぎた贅沢をしていいものかどうか、罪悪感を覚えずにはいられませんでしたけれど——

お金の出所が、おそらくは貝木さんの詐欺であることを思うと、尚更です。

「気に病まずに、楽しめるところは楽しんだほうがいいよ、撫公。楽しめるうちに。航空会社は特に大変なんだから、どうあれ経済は回さないと」

デザートとして出されたハーゲンダッツのカップアイスにほくほく顔（嘘です。無表情です）の斧乃木ちゃんが、またしても未来を見据えたようなことを言うので、ここは従っておくのが吉だと判断したところまでは覚えています――いえ、思い出したくないだけで、私の拙い記憶力は、もう少し先の出来事までを覚えています。

突如、飛行機が大きく揺れたのです。

臥煙さんの秘められた親子関係に、航空機までが震えたかのように。

初めて乗る飛行機が怖いみたいなことを言うのには、貝木さんや斧乃木ちゃんの手前、抵抗があったので、これまで平気の平左な振りをしていましたが、もちろん、私はどういう理由でジェット機が空を飛んでいるのか、航空力学を理解して身を委ねていたわけではありません。

あろうことか、ファーストクラスだから大丈夫だろうとたかをくっていたくらいです――当然ながら、ファーストクラスだろうとエコノミークラスだろうと、貨物室だろうと、墜落するときは一蓮托生ですとも。

「ただいま、パイロットからの指示がありましたので、サービスを一時停止させていただきます。お席にお戻りになり、シートベルトをお締めください。なお、揺れましても飛行に影響は一切ございませんので、ご安心ください」

安心のしようもないくらいの激しい揺れですが、本当に影響はありませんか？　なんか、酸素マスクみたいなのが頭上から落ちてきたんですけれど――乱気流？

頭上からというのは正確ではなかったかもしれま

せん——飛行機は錐揉み状に回転し、上下左右が目まぐるしく入れ替わったからです。南米大陸のチリを宇宙空間から見たときのように、空間把握能力が試されます。酸素マスクは下から来たようでもあり、右から来たようでもあり、左から来たようでもあり——ホースがまるで蛇のようにうねりまくりました。

蛇のように。

否、うねっていたのは——唸っていたのは、飛行機全体のようでした。

窓の外では、ぐわんぐわんと飛行機の翼が、飴細工のようにねじれているのが見えるのです——そもそも角度的に、最前列のファーストクラスのシートからは見えるはずのない翼が見えていること自体が異様なのですが、時空が歪んでいるがごとく、いっそ尾翼さえ垣間見えそうな勢いでした。

機内放送のままにシートベルトを締めていなければ、締めていても食事中でしたら、大変な悲劇に見舞われたことでしょうが、しかし、席に戻ってシートベルトを締めるために、斧乃木ちゃんが私との密着状態を解除したのは、のちの展開を慮ると、あんまり正解だったとは言えません。

どのみち悲劇には見舞われるのです。

舞うように。

この状況下で、最強のボディガードと離れてしまうなんて……、呑気にもほどがありました。ちなみに貝木さんは、ファーストクラスの食事を終えたところで、アイマスクをつけて眠りに落ちていました……、なんでこの大揺れの中、ぐっすり寝てられるんですか！　一番吸血鬼みたいな顔をして、ちゃんと生きてるんですか、あなたは！

錐揉み状のローリングに、まさかの縦回転が混じり始めたところで、私の意識はぷっつりと途絶えました……、恐怖のあまり失神したと言うより、振り回されてのブラックアウト、脳震盪のようなものだったでしょう。意識を保ち続けていたところで何ができたはずでもありませんし、折角の食事を吐いていただけかもしれませんが、しかし、私が最後に窓の外に見たのは、尻尾でした。

尾翼でありません。

機体にぐるぐる、蜷局状に巻きついた、大蛇の尻尾でした——それが最後の記憶で、次に気が付いたときには、私はオールヌードで、見知らぬ砂浜に、降りそそぐ太陽光の下、遮るものもなく、ひとり打ち上げられていたというわけです。

搭乗前に貝木さんに教えてもらったところによると（つまり、嘘かもしれないという意味ですが）、今は国際線ならぬ国内線のエコノミークラスでも映画を見られたりするそうですが、そういう風に機内で放映される映画では、もしも飛行機の墜落シーンなどがあれば、巧みに編集されることが多いそうです——搭乗客への配慮ですが、同じように、私の意識からも、『その後』のシーンがカットされたのでしょう。

無人島にひとつだけ持っていくなら、何を持っていく？

手ぶらできてしまいました。

私の人間性がよく表れていますね。

005

いやいや、無人島脱出ドキュメントの中でも、一番過激な奴じゃないですか——手ぶらのはだかんぼで島に放り出されるって。

日本じゃ企画できないリアリティ番組でしょ。

しかも競争相手どころか仲間もいません……、今は詐欺師さんでも、月火ちゃんでも、いっそ哭奈ちゃんでもいいからそばにいて欲しいと心の底から思います。ああ、私のほうからも斧乃木ちゃんを抱きしめておけばよかった……、そもそも斧乃木ちゃんや貝木さんは無事なのでしょうか？

私が生きているのにあのふたりが生きていないなんてことはあるまじき事態ですが……、まあ、意識を喪失している間の出来事を、順当にフェルミ推定するなら、あのあと、ねじれた飛行機は空中分解を起こしてバラバラになったんだと思われます——爆発していてもおかしくないでしょうが、さすがにそれだと、私がこうして生存していることに深刻な疑義が生じます。

幽霊じゃありませんよね、私？

死んでいることに気付いていないわけじゃないですよね？

だったら、飛行機が空中でバラバラになり、真っ逆さまに落ちた場所が海だったという線が、ぎりぎり航空事故の乗客が生き残れるラインでしょう——その後、流されているうちに余所行きのお洋服はびりびりに引きちぎられ、靴や靴下も脱げ、当然、扇さんから頂いたトランクを回収できるはずもなく、からだひとつで無人島に漂着した……、とするならば、同じように、貝木さんや斧乃木ちゃん、他の乗客や搭乗員のかたがたも、助かっている可能性は十分にあります。

あってほしいと願わずにはいられません。

だって、もしも私が最後に、窓の外に見た大蛇の尻尾が、パニックの中で見た目の錯覚でないのであれば——あれは事故ではなく、私達という臥煙さんが放った遊撃部隊の西表島上陸を阻まんとする、蛇遣いの妨害工作と受け取るしかないのですから。

一般人を巻き込んだことになります。

蛇だけに。

……私もまだまだほとんど一般人みたいなものですけれど、こうなると、プロフェッショナルふたりの行方がより一層重要になります……、経験上、元々死体である斧乃木ちゃんは、斧乃木ちゃん自身が飛行機みたいにバラバラになったところで、死にはしないと思われますが——とは言え、もちろん海の藻屑にまでなってしまえば、その限りではありません

──魚の餌になってしまいます──、貝木さんは危惧されます……、あの揺れの中、すやすや眠っていたご様子でしたが、そのまま永眠されてしまったのでは……、いえ、今となっては、あの睡眠すら、敵の策略だった可能性があります。

残念ながら、敵のほうが一枚も二枚も十重二十重に上手でした。

臥煙さんの娘であるという新情報は、詐欺師さんという出所からして話半分の眉唾で、半信半疑で聞いておくべきものでしたが、しかしこうなると、なまなかならぬ信憑性も生まれます──アジトに近寄らせもしないなんて。

先手先手のスタイル。

だとすると、翻って自分では動かなかった臥煙さんの先読みも見事とも言えます……、私達で探りを入れたのは大正解です。親子対決はとっくに始まっているのでしょう、あるいは十五年前から。

ただ、先手先手で動かされる駒はたまったものではありません。

王を取るために飛車角と、歩を一枚、犠牲にしたのでしょうか。

ガチの捨て駒じゃないですか。

とは言え、ある意味で、私や貝木さん、斧乃木ちゃんというアウトロー同盟、貝木さんが言うところの株式会社偽善社は、こんな冒頭でありながら、早くも与えられた任務を完璧に果たしたと言えなくもありません。

仕事は終わったのです、ふたつの意味で。

西表島に近付いただけで──実際には近付いてさえいません、まだ私達は乗り換えの那覇にさえ到着していなかったのですから──飛行機を落とされるほどの警戒レベル。

空すらテリトリー。

西表島が洗人さんの本拠地であることは確定したも同然であり、私達が受けたこの攻撃を分析すれば、臥煙さんは改めてそこに本隊を送り込むことが可能でしょう。

　今度こそご自身が乗り出すかも。

　退治することはおろか、どうして西表島に本拠地を構えているかを突き止めることもできませんでしたが、それでもこの結果は、私達にしては出来過ぎと言えるでしょう——こうして命からがら生き残った私の見た『大蛇の尻尾』を伝えられれば、言うことはありません。

　それにしても、ここはどこなのでしょう？

　斧乃木ちゃんの話を聞いていると、沖縄県には多くの島が点在していそうですが、しかし最後に機体が滅茶苦茶な軌道を描いていたことを思えば、この島が九州地方に位置すると決めつけることも難しそうですね……、気流に乗って、小笠原諸島のひとつでもおかしくありませんし、もっと言えば、台湾とかインドとか、ヨーロッパとは言わないまでも、外国まで流されていてもおかしくはありません。

　つまり、晴れてお役御免で、めでたくも職を失い、夕暮れよりも途方に暮れた私のやるべきことは、このまま砂浜で小麦色の肌にこんがり焼くことではなさそうです。

　ひと仕事終えてのバカンスなんてとんでもない。

　他の生存者を探すこと。

　そしてSOSを発すること——リアリティ番組のように、筏を作って島からの脱出を目論むのは、私にはいささか荷が勝ち過ぎるというものでしょう。

　まさかロビンソン漂流記を自ら演じることになるとは、夢にも思っていませんでしたが（そもそも未読です）、しかしここで黙って干涸らびていくつもりもありません——とりあえず日陰に移動しましょう。

　日焼けについてはもう手遅れですが、どの道、山林の様子もうかがってみたいです。林檎のなっている木でもあれば、重力を発見したり、空腹を満たしたりできるのですが……、ええと、順番に考えましょう。

生存者を探すためには、まず生存しなければ。

無人島生活に必要な要素は何か？

ロビンソン漂流記は未読でも、私には様々な漫画で培った知識があります……、水の確保、食料の確保、火の確保。

安全な寝床の確保。

できれば服も作るべきです。

すっぱだかでいることを恥ずかしがっている場合では、どう考えてもありませんが、しかし裸一貫で森に飛び込むのは、なんだか危険な予感がするのです……。

あるときは呪いを解くために、あるときは呪いをかけるために山中へと足繁く通い、のみならず一時期は山頂に住まいを構えていた私に言わせれば、虫刺されやヒル嚙まれなど、剝き出しのお肌は自然の格好の餌食です。危険生物である蜂を想定すると、全身防護服を着ていてもいいくらいなのに、すっぱだかって……、そもそも、木の根っこにつまずいてこけるだけでも、裸と着衣では、ダメージが違うのですよ。

探索するだけで怪我をします。

生い茂る葉っぱや枝で切り傷を負います。

この際かすり傷くらい我慢しろと言われるかもしれませんけれど、絆創膏も消毒液もない状況では、どんな小さな怪我でも命取りでしょう。どういう症状なのかはよくわかりませんけれど、破傷風という病気は、かなり怖いものだったはずです。

とは言え……、衣食足りて礼節を知ると言いつつも、どうしたって、まずは飲食です。地震雷火事親父と言いますが、衣食住の正しい順番は、食住衣でしょう。

気絶している間、太陽にさんざ照らされて、喉も相当渇いていますけれど、海水をそのまま飲むのはまずいん……、ですよね？　塩分の浸透圧がどうとかで……、より喉が渇く結果になりかねない、ん、でしたっけ？　だから、煮沸しないといけない……、いえ、煮沸するだけでは、欲しかった肝心の水は蒸発してしまい、塩だけが残るんですか？　それに衛生面を思えば煮沸のみならず濾過装置みたいなのを……、ああ、いけません。

集中しているつもりでも結局、一度にいろんなことを考えようとして、脳の容量を越えてきます。私はこうやっていっぱいいっぱいになって、いつも何もできなくなったり、神様になったりしてしまうのです。

足下が砂浜から、いくらか土状になったところで、私は南国らしい大きな葉っぱを日よけに、ごつごつした岩を椅子にして、いったんそこに腰を降ろしました——日陰の岩なので、そこまで熱せられてはいませんが、冬場の電車のシートくらいの温度は感じました。『南国らしい大きな葉っぱ』というのも、何の根拠もない勝手な思い込みです。北国の葉っぱかもしれません。

でも、それでいいでしょう。

まずはひとつひとつ順番に、です。

ここが南国で、いっそハワイのカウアイ島まで流されていたとしても、あるいはアイスランドだったとしても、座標を突き止めるのは、衣服問題の後回しでもいいくらいです——食べ物も、今のところは大丈夫。

私がいったいどれくらいの期間、意識を失っていたのかはわかりませんが、気分的にはファーストクラスの料理を食べた直後なので、空腹感はそれほどありません。飛行機酔いで戻すこともなかったようなので、あと数時間はひもじい思いはしないでしょう。

その間に——水か、火ですね。

サバイバルと言えば、石を削って刃物を作るという工程もどこかで不可欠になるでしょうが、しかしそういう楽しそうなアクティビティやレクリエーションを先にやって、体力が尽きては目も当てられません……、では、水と火は、どちらが前倒しすべき案件でしょうか？

これは斧乃木ちゃんの離島クイズと違って、一問間違うことが死に直結しかねないデスゲームです……、直感では水です。人間、ものを食べなくても三日は生きていられますが、水がなければ一日も持たない、なんてのは漫画でなくともよく聞く言説じゃないですか——だから、先述の煮沸装置か、濾過装置を……。

濾過……、漢字では書けません。

作りかたがわからなくて、一瞬、ネット検索をしようとしてしまいましたが、たとえここが5Gの圏内だったとしても、通信機器がありません。私のスマホは今頃海の底で深海魚に文明を与えています。ネット中毒の自覚はありませんでしたが、すっかり情報化社会に毒されていますね、私も。

動画配信サイトを見て気分転換をしたい気分ですよ。

翻って、火は、漠然と生存に役立ちそうではありますけれど、とりあえず今は暖を取る必要も、料理をする必要も、獣よけの必要も、お風呂を沸かす必要もなさそうですから、水よりも後回しでも——風呂を沸かす？

そうですね、海水にせよ湧き水にせよ泥水にせよ、消毒のために煮沸をしようと思えば、そりゃあ火種が必要ですね。

急がば回れ。

水が一番に必要だからこそ、最初に火を用意する必要が生じる——濾過装置の作りかたは残念ながらピンと来ませんが（石とか砂とかを使った図解が、ぼんやりと思い浮かぶ程度です）、火の作りかたについては、いくつかスタンダードなプランがあります。

常識レベルです。

平たい板に棒を突き立てて、両手のひらで錐揉み状に回転させる——最新のトラウマですが、錐揉み状に回転した機体のように、回転させる。正式名称は存じ上げませんけれど、まさに漫画でよく見る風景です。でもあれって、女子中学生の腕力でも可能な火起こしなんでしょうか？　ただの女子中学生ではない、運動の苦手な、引きこもりがちな女子中学生の細腕ですよ？

　もう少し記憶を探れば、縦棒にロープをぐるぐるに（それも、蛇のように？）巻き付けて、それで棒を独楽のように回転させるという進歩的な方法もあるはずですが、私の知能では、ちょっと仕組みがわかりませんね。

　今のでうまく説明できたとも思いません。

物知りと評判の羽川さんなら、こんな風に無人島に流れ着いても余裕なんだろうなあなんて、こんな誰もいない場所でも劣等感に苛まれる私でしたが、いいえ、凹んでいても始まりません。

　と言うか、すっぱだかで無人島で落ち込んでいても間抜けみたいです——思い出しましょう、私は数カ月間、山頂で一人暮らしをしたことのある人間です。

　そのときは人間じゃありませんでしたが、あの頃の退屈極まる生活に比べれば、ほんの数日間、無人島で生き延びることなどなんのそのです——ほんの数日ですよね？

長くて七十二時間ですよね？

無人島に家出したときののび太くんみたいなことになりませんよね、私？

　とにかく、元気のあるうちに、つまりこれ以上落ち込んだり悩んだりする前に、火を起こしてしまおうと、周囲に道具を求めます——乾いた木の棒は、すぐに見つかりました。

　しかし摩擦を起こすための平たい板が、どれだけ探しても見つかりませんでした。

「…………？」

ああ、そっか。

　ここはホームセンターじゃないんだから、どの棚を探しても板なんてあるわけがないんだ……、そもそも棚がありませんし、板っていうのは、あれは加工された木材なんですね。

棚板のように。

沖縄地方には板根という、板状の根っこを持つ植物があるはずですが……、蛮勇を振るって山奥に這入っていって、たとえそれを見つけ出せたところで、半分土に埋まったその板根を掘り起こし、切断するだけの腕が（今のところは刃物も）私にはありません。

そもそも、先程拾った枯れ落ちた枝などではない、生きている木はそれなりに湿っているので、発火はしづらいはずです……、ああ、でもこれもいい加減な知識ですよね？

ユーカリなんかは油分を多く含んでいるから、地面から生えている状態でも山火事になりやすいとも聞きますし……、強風で葉っぱが擦れ合うだけで、火災を招きかねない危険性があるそうです。同時にあの植物は毒性もあるので、あの可愛らしいコアラは、かなりのリスクを冒して、ユーカリにしがみついているのだとか。

ユーカリ……。

は、なさそうですね、ここの森には。

先程は失念していましたが、火起こしを最優先にする理由には、ＳＯＳの狼煙をあげるという重要な目的もありました。が、そのために山火事を起こすというのも本意ではありません。それこそ羽川さんのやりそうなことですが……、いや、いざとなれば、それくらい大胆なことをしないと、助けは呼べないのかもしれません。

自然保護も大切ですけれど、自然保護のために死んでしまっても本末転倒でしょう——イリオモテヤマネコを保護するために、食べられてあげる必要はないのです、きっと。

無人島でさえ遠慮がちに生きてしまう自分の狭小さが、つくづく嫌になります——人のいないところで人目を意識するなんて。しかしここでは、懐に入るべき強者はいないのです。哭奈ちゃんや月火ちゃんの三下として生きていた頃が、本当に懐かしいですね。

今だったらあのふたりにも、心からの忠誠を誓うことでしょう……、あのふたりだったら、火くらい、あっという間に起こしてしまいそうですね、何らかの方法で。

月火ちゃんなんて名前に火が入ってますもん。怒るだけで火を起こせそう。

さてと、現実逃避から立ち返ると、枝はあっても板はないし、摩擦熱で火を起こすプランは、あっさり暗礁に乗り上げましたね……、無人島で暗礁というのも不吉な比喩（ひゆ）ですが、自ら加工して板らしき物体を作製するよりも、他の方法にチャレンジしたほうが早そうです。

十五歳がぱっと思いつく『理科の自由研究』としては……。

①虫眼鏡（むしめがね）を使って黒い紙に光を集める。
②火打ち石で着火する。
③白熱電球をスパークさせる。

この三択でしょうか。

もしもここがハワイであるなら、

④火口を探す。

を付け加えてもいいのですが、今のところ、火山島である気配は感じません。

というわけで、虫眼鏡も黒い紙もありませんが、何か自然物でそれらの代用ができれば、①が一番楽そうです。もしもこの場に斧乃木ちゃんがいれば、安易に楽な道を選ぶなそういうところが百石なんだと説教されそうですが、今は体力の温存も大切でしょう。そもそもこの場に斧乃木ちゃんがいてくれたら、『例外のほうが多い規則（アンリミテッド・ルールブック）』で、一瞬のうちに脱出ですよ。

体力や満腹感はもちろんのこと、気分的にも、まだ無人島に漂着したてという非日常でテンションにブーストがかかっているうちに、やるべきことをやっておかないと……、我に返っちゃったら、何もしたくなくなっちゃうに決まってるんですから、私なんて。

楽な道を選ぶなも何も、たとえ板状の枯れ木があったとしても、結局私の細腕では、摩擦熱による発火は、やっぱりできなかったんじゃないでしょうか。

黒い紙は、なくてもなんとかなるとして……、虫眼鏡ですか。

私が眼鏡っ子だったら、代用も応用もできたんでしょうけれど、ここでも羽川さんとの差を見せつけられますね——羽川さんも、今は眼鏡っ子じゃないんでしたっけ？　コンタクトレンズでも同じことができるんでしょうか？

眼鏡っ子じゃないので定かではありませんが、眼鏡にも、凸レンズと凹レンズがあったような……、羽川さんとの付き合いの浅さが如実に出てしまいますね。

コンタクトレンズでは、さすがに発火はさせられないと思いますが、虫眼鏡の代用としての眼鏡の代用になる何か……、があれば……、金魚鉢、でしょうか？

難しい言葉で言うところの収斂(しゅうれん)発火が、窓際の金魚鉢やスノードームが原因で起きることがあるというのは、聞いたことがあります——水が原因で火事が起こるというのは皮肉にも程がありますが、今の私にとっては朗報かもしれません。

飲めなくていいなら、水は売るほどあります、眼前に……、ただ、金魚鉢がありませんね。あったら、いくらでだって買いますけれど、詐欺師に縋(すが)ってしまったクラスメイト達の気持ちが、今ならわかりますね……、きっと、恋に焦(こ)がれるというのは、これくらいの渇望感があることなのでしょう、本来ならば。

でも、金魚鉢はなくとも、シーグラスならあるんじゃないでしょうか？　なんたって、ここはシーなんですから。

シーグラスをどうやって虫眼鏡に加工するかはあとで考えるとして、とりあえず私は居心地のいい、即席サンルーフの日陰から、ビーチコーミングへと繰り出しました……、運がよければ波打ち際に、そのもの虫眼鏡が漂着しているということもあるでしょう。

ライターやマッチなら言うことはありません。

まあマッチは怖いので使えませんが。

と、日向だけに、日和ったことを考えていたのがよくなかったのでしょうか、ライターやマッチはおろか、虫眼鏡ももちろんのこと、シーグラスのひとつも発見はできませんでした。

すっぱだかで波打ち際を練り歩くという、前衛的な映画のような気分を味わえただけで、私はすごすごと、葉っぱの下の定位置に戻ってきました――太陽の下、無駄に体力を消耗しました。

たったこれだけの挫折でモチベーションはだだ下がりです。

いえ、収穫はありました。

悪いニュースと悪いニュースがあるという感じですが……、この状況ではシーグラスさえ高望みだったとしても、それにしたって、何か役立ちそうな漂着物があるんじゃないかという期待さえ、裏切られてしまったのです。

これだけマイクロプラスチック問題が物議を醸している世の中です――ペットボトルのひとつやふたつ、漂着していてもおかしくないと思うのですけれど?

それに、板。

海洋ゴミでしかない何らかの板きれが流れついていたら、死んだ摩擦熱案が甦る可能性もあったのですが……、ただ、私がてくてく、後半はとぼとぼ散策してみた限り、ここの砂浜はなんともさっぱり、綺麗なものでした。

単に私が求めるものがないというだけではありません。

ビーチサンダルも空き缶も、発泡スチロールもブイも釣り具も、ボトルに入った手紙も、バラバラになった飛行機の部品さえも、流れ着いてはいませんでした――そりゃあ海岸が綺麗であるに越したことはありませんが、しかしいわゆる海洋ゴミがまるっきり漂着していないというのは、考えてみれば奇妙なことです。

語弊を恐れずに言うと、海岸というのは、廃棄された海洋ゴミの行き着く先のはずなのです――比重が水よりも軽い海洋ゴミは、波間に漂っている間は常に流され続けるのですから、長期的に見れば確率的な必然で（他に流れ着く場所がない以上）、荒波に揉まれた挙句、すべてどこかの海岸、どこかの砂浜に漂着するのがゴールなのです。

海岸が散らかるメカニズムは、決して海水浴に来たお客さんのマナー違反にのみ起因するものではなく、地球という惑星の構造上の問題でもあるのです――にもかかわらず、この無人島の海岸には、何の人工物も漂着していません。

まるで結界でも張られているかのように。

「…………」

で、悪いニュースのふたつ目は、にもかかわらず、私がここに漂着しているという事実です――私のようなゴミが、という自虐ではありません。

それは瞳島眉美さんの言うことですよ。

海流的な必然で、このコーヴが漂流物の辿り着きにくい場所になっているのだとしたら、遭難した（と、飛行機事故でも言っていいのでしょうか）私がナマコのように打ち上げられるのは如何せん不可思議です。

そんな奇跡もあるかもしれませんが、これを『たまたま』で済ませるのは、『たまたま可愛い』という言葉以上の抵抗があります――摩擦が生じます、火がつきそうなほどの。

他の生存者の捜索は、喫緊のアジェンダが解決すれば、可及的速やかにおこなうつもりですけれど、しかし今のところ、ここにいるのが私だけだという事実にも、こうなると心穏やかではいられません――何かおかしくないですか、この島自体が？

海に数ある、無数の無人島のひとつに、命からがら、奇跡のように漂着したのだと思っていましたが、そうではなく――私はこの結界内に閉じ込められたのでは？

封じられてしまったのでは？

そんなあらぬ妄想が湧いてきます。漫画家志望の想像力……、で、済ませていい話なのでしょうか、これは？　それとも被害者意識に基づく被害妄想ですか？

人工物が漂着しないというキツめの縛りが、もしもこの島にあるのだとすれば、私がすっぱだかであることにも、一応の説明がついたりすることが、嫌な伏線です――漫画だと、こういうとき、『着ている服はセーフ』なルールが働きそうなものですけれど？

だとすると、たとえ私が眼鏡っ子でも、波間を漂う中でその眼鏡を失っていた可能性が濃厚ですね……、漫画を読んだりゲームばっかりやっていたりする割に、意外と視力のいい私ですが、その点、貝木さんいわく私をスポイルしまくったというご両親に感謝してもいいのかもしれません。視力は遺伝の要素も大きいそうですから。

親子……。

いえ、今は思考をそちらに割くのはいったん、置きましょう。私とご両親との関係はもちろん、人工の漂着物が一切ないという不可思議さ――結界の有無についても、一時保留です。棚上げにする棚はありませんが、無知な私の知らない要因もあるでしょう。

乏しい思考力、推理力を集中させるのです、収斂発火のように。

シナプスを燃やさないと。

現在留意すべきは、発火装置プランの①は、放棄するしかないということです――③など、愚かしくて閃きのカリカチュアにもなりません。ただでさえこのLED時代、人工物のない環境で電気を求めるなど、雷が落ちてくるのを待つプランにも等しいです。

まあ、罪深い私に、いきなり落雷があってもそんなに不思議ではありませんが……。

つまり取るべきは②の火打ち石プラン……。

もはや選択問題ではありません。

いわば○×問題です。

火打ち石って、その辺の石とは何か違うんですかね？　私が腰を降ろしているこの岩も、砕けば発火するんでしょうか……、うろ覚えですが、確か火打ち石は、燧石とかとも言うので、何やら特別な石っぽいですが……、そうなると、賢者の石を探すも同然です。

サバイバル要素が強くなる一方です。気持ちは弱くなる一方なのに。

ただ、まさか石自体が燃えるわけじゃないでしょうから、硬めの石であれば代用が利きそうな予感はします。要するに、火花さえ散ればいいのですから――となると、その火花で着火する、薪のようなものがあれば……、薪じゃなくて、ノコギリで木を斬ったときに生じるような、木屑とかが燃えやすそう……、ですよね？

まずそのノコギリがありませんが、パワーで木を斬り倒すことはできなくとも、木屑くらいは、私にだってかろうじて用意できそうです。それくらいできなくてどうするのですか。

結局、巡り巡った挙句に、火でも水でもない、アクティビティとか言っていた石器作りから取り組むことになるなんて、当初の机上の空論の浅はかさに目眩がしますが、とにもかくにも私の無人島生活は、こんな風に舵を切りました――船もなければ、切る舵もありませんが、これ以上難破しないために、まずは行動です。

失敗したら、その失敗を糧にします。

006

さながら原始人になった気分でしたが、原始人ならもっとうまくやるでしょう。原始を名乗れるほど、私は始まっていません。

のちに調べたところによると、火打ち石——燧石というのは、要するに石英のことらしいです。あったらよかったライターの中にも組み込まれている石で、とにかく頑丈な岩石であり、これをぶつけ合うと火花が飛ぶ——そうです。私は石マニアではないので、たとえその時点でその知識を持っていたところで、手に取った手頃な塩梅の石が、石英かどうかを判断するすべはありませんでした……、ただ、ここで重要なのは、石英の中に含まれる特定の物質が、衝撃をもってぶつかり合うことで何らかの化学変化を起こして発火するというような化学式ではないということです。

大切なのは硬度です。

つまり、ただの石同士でも、双方にある程度の硬さがあれば、理論上、火花は飛ぶ……、木材をこすり合わせる摩擦熱と仕組みはそう変わらないはず、なのです。

理屈を言えば、鉄分を多く含む石であれば、鍔競り合いのごとく火花が散る可能性は、それなりに高いはずでしょう。そうでなければ『のちに調べたところ』も何も、私に未来はありません。斧乃木ちゃんが言うところのタイムパラドックスを招いてしまいます。

結論から言うと、その辺に転がる石を使って火を作ることには成功しました。

そんな都合のいいことが起こるわけがない、どうせ隠し持っていたチャッカマンでも使ったんだろうこのやらせサバイバルめと言われるかもしれませんが、だったらやらせてないで、ご自身でやってみてくださいよ。

失礼、言葉遣いが悪くなりましたが、日焼けした手の皮がずるずるになってしまうくらい、石を石にぶつける不毛な作業を繰り返してきたら、私のような気弱な不登校児も、性格は荒れます。

荒れる十代。

逆撫子にもなります。

少年漫画ではキングオブ王道とも言える、石を割る修業をしている気分でした――コロンちゃんが思い出されますね。

誰が割れといった。わしゃ砕いてみろといったんじゃぞ。

でしたっけ？

響良牙よろしく、爆砕点穴を身につけんばかりに、私は、さっきまで椅子代わりに座っていた親しむべき岩に、まるで親の仇か、または親そのもののように、その辺の石を投げつけ続けました。

この運動、そして運動量、どちらかと言えば星飛雄馬でしょうか。

肉球のごとき私の手のひらが、この投球で豆だらけに……。

割れた石も無駄にはなりません。

尖った石をのこぎり代わりに、その辺に落ちている木の枝をがりがり削いで、せっせと木屑を作り出します……、薪と言うか、丸めた新聞紙代わりですね。

それを適度に岩の上に振りかけて、再び石を投げつけ続けます――本当にこんなことで着火するのかという疑義を抱きながらの肉体労働は、メンタルにも堪えるところがありました。

たとえば、理科室でガス漏れがあったとして……、そういうときは、床に椅子を引きずるだけでも爆発の危険があると言います。極端な話、ウールのセーターを着ているだけでもダイナマイトです。

静電気が動きます。

ならば、己の腕をピッチングマシーンと化することの行為が、建設的でないはずがないのです……、ないのでください。

幸い、私には野球の経験もソフトボールの経験もなかったので、却って利き腕にこだわることなく、ダブルヘッダーならぬスイッチピッチャーとして、効率的に両腕を使えました。

効率的？

費用対効果？

いえいえ、たぶん、これでも全身の筋肉をフルに使える分、木の棒を回転させ続けるよりは幾分楽だったのだろうと自己評価しますが、何回か、割れた石礫が私に向けて跳ね返ってきて、ダメージを負いました。

心にも身体にも。

小説だから滑稽さは幾分抑えられているはずだとほのかな期待をしていますけれど、私がこんな投球練習のさなかも、いまだすっぽだかであり続けていることをお忘れなく。

大リーグ養成ギプスがあれば、それでも着たいくらいですよ、防護服として。

素肌に、それも日焼けした素肌に石礫が跳弾してくるというのは、跳弾させたのが自分だという自業自得感も相まって、立ち直れないレベルにうずくまってしまいます。

今なぐさめられたらどんな相手にでも心を開いてしまいそう。

やはり真っ先に服を作るべきだったのでしょうか……、衣食住の順番は衣食住であっていたのでしょうか。

真っ先にと言うなら、火を起こせたら、真っ先に傷口を熱で消毒するべきかもしれません——幸い、破傷風を引き起こす致命的な切り傷を負う前に、木屑から煙が立ち上る事象が観察されました。

立ち上ったというのは、ごめんなさい、貝木さん譲りの嘘です。『燻った』程度の表現が正確でしょう。凝視すれば、ほのかに煙が、あるような、目がかすんでいるだけのような、目の中を飛ぶ正体不明のゴミのような……。

ここで私の愚かさが露呈しますが、火種が燻ったあとはどうするかの計画を、まったく立てていませんでした——目の前のことにだけ集中して対処した結果、目の前のことにしか対処できていませんでした。つまり、必死になって、全身の表皮を傷まみれにしながら火を起こしたところで、その火をどう保つのかを考えていませんでした。

一回一回、ほんのかすかな火を起こすためにこれだけの重労働に身をやつさなければならないのであれば、私は餓死するよりも先に、過労死してしまいますよ。

無人島で過労死って。

日本人にもほどがありますよ。

焼け焦げるという意味でのブラック企業です。

慌てて、燻った火種をより大きくするために、私は茂みに飛び込みました——この際、多少の切り傷は厭いません。足下にだけ気をつけましょう、近辺には砕けた石が散乱していて、いわばガラス片が飛び散っているようなものなのですから。

裸である以上、裸足ですよ。

誰だこんなに散らかしたのは。私です。

この環境で足の裏に怪我をするのは、地味に致命傷になりかねません——乾いた枯れ葉や枯れ枝をそこここからかき集めて、燻った岩の上に、クラッカーのごとく撒き散らしました。

パーティーです。

クラッカーがあれば、こんなことはしなくていいんですけれど……、小学校の防災訓練では、火事から避難する方法ばかりを教え込まれましたが、火の手を広げる方法を、今、私はアドリブで考案しなければなりません。

どんなお馬鹿さんでもここまで追い詰められたら

多少の知恵は出てくるようで、風で消えてしまわないように即席のかまどを作るという着想を、私は得ました。

　無策で火を起こしてしまった私は愚かで、愛想を尽かされても仕方のない遭難者ではありましたが、しかし悪運までは尽きていなかったようで、かまどを作るための材料は、茂みに再び戻るまでもなく、手の届く場所にありふれていました。

　言うまでもなく、私がさっきまで、投球練習のボール代わりに使っていた数々の仮想火打ち石ですよ――よくぞ散らかしてくれました、先ほどまでの私。

　仮想と言うか、火葬と言うか、砕けてしまったものが大半ですが、手頃なサイズを保ったまま、かまど作りの資材になってくれそうな石も、数で言えばわんさか転がっています。

　転石苔むさずとはよく言ったもので。

　その石をレゴブロックのようにがちゃがちゃ組み立てて、私は小さなかまどを建造しました――こんな、文字通り火急の際にいささか呑気ではありますけれど、小学校の遠足における、飯盒炊爨を思い出しますね。

　どんな授業よりも遠足が役立つとは。

　サボらず参加していてよかった。

　隙間だらけで、いかんせん頼りないかまどではありましたが、この緊急時に細かいことは言っていられません――私はそのかまどの中に、岩の上で燻る種火を放り込みました。

　どうやってって？　素手でですよ。

　血豆だらけであちこち皮のむけまくった、指紋の採取が不可能なんじゃないかというほどの日焼けした素手で、火を手づかみしましたよ。火中の栗どころか、火をつかんだのですよ。

　とてもお勧めできないやりかたで、たぶん他に賢明な方法もあったでしょうが、スピードを優先しました――こういう局面で使うには、これもまたあまりにも文字通りですが、火事場の馬鹿力とはよく言ったものです。『火事場』も文字通りですし、『馬鹿力』も文字通りですね。

文字通りを不立文字で学んでいます。

投球練習の成果で、大して熱さも感じないくらい手の感覚が麻痺していたとも言えますが、もちろんしっかり火傷したので、それは波打ち際まで走って、塩水で消毒しました。

塩のパワーを、私は信じます。

無茶苦茶染みて、悲鳴を上げてしまいました――なかなかのスラップスティックコメディですね。ひとり芝居で、慌ただしいことです。

そんなわけで、私は両手を犠牲にすることで、『火』という、無人島生存ゲームにおける最重要アイテムをゲットしました――両手を犠牲にしたというのは、決して大袈裟な表現ではなく、これが一番の文字通りであり、仮にも漫画家志望の人間が決してやってはならない禁じ手を、十も二十も百二十もやりました。

厳しい編集さんなら、ここまで手を大事にしない志望者の持ち込んだ原稿は、それだけで没にすることでしょう――いや、実際、治るんですかね？　これ。

大丈夫ですよね、野球部はこれくらいの練習、普通にしていますよね？　火で拳を鍛えるというのは、架空の拳法のトレーニングみたいですが。

今はデジタルも発達していますから、最悪、ＡＩスピーカーを駆使してでも、私は作画しますが……、ああ、今、ＡＩスピーカーがあれば、こんな効率の悪い方法で、小指の先ほどの火を起こさずに済んだのに。

分解して、導線を剝いて発火させますよ。

それか、ＡＩに呼びかけて火の起こしかたを検索してもらいます。

デジタル作画の更なる導入を真剣に考慮しつつも、しかしながら、うかうか休んでいられないのがつらいところです――正直、目的をひとつ達成したところで、達成感もなく、もう家に帰ってふて寝したいくらいでしたが、家も布団もありませんし、何より、まだ眠るわけにはいきません。

まだ火祭りのテンションを保っていられるうちに、勢いでえいやっと、水の準備まではどうにか済ませたいです。お察しの通り、これだけの過重労働をこなした私は、非常に乾いています。

喉だけではなく、全身が。

砂浜よりも私のほうが砂漠です。

渇き過ぎてたっぷりかいた汗を舐めたくらいでしたが、これはいまいちいけてない行為でした——海水ほどの濃度ではなくとも、人間の汗は、それなりに塩分を含みます。

火の次は水。

これも少年漫画のメソッドですね。王道を歩みます、私は。

火を得たことで煮沸が可能になった以上、日が暮れる前に水を作っちゃわないと、途方に暮れることになりますよ——シーリングライトなんてないんですから。

そもそも天井がありません。電気もね。

007

煮沸消毒というのはポピュラーなアプローチであり、設計図をイメージすることも難しい濾過装置とやらを工作することに比べれば、多少は難易度が低そうにみえましたが、いざ取り組むとなると、なかなか腰が上がりませんでした。

意欲が減退します。

みるみると。

かまどの中の火を、それなりの大きさまで育てることには成功しましたが、しかし、最初に思った通り、思い違いをした通り、この火で海水を煮沸したところで、出来上がるのは天然塩ですよね。

今の乾燥撫子に塩分だなんて、青酸カリ並の毒物ですよ。自分の汗を舐めて死ぬ風変わりな生き物です。

塩と水を分離したいのはやまやまですが、結果塩だけ残っても、何の消毒だって話です。

塩は塩で、いつか使い道もあるでしょうけれど、しかし今は、むしろその塩分のほうこそを、どうにかして水分から取り除きたいのですが……、ええと、そもそも煮沸するためにはなんらかの容器が必要ですよね？

ビーカーとか鍋とか、空き瓶とか缶々とか……、いっそポリバケツとかドラム缶とかでもいいんですけれど、そういった人工物が漂着していたら願ったり叶ったりなのですが、この島ではその手のアイテムは望むべくもありません。

人口同様、人工物はゼロです。

こうしてみると、なんであれ容器やら収納やらっていうのは、完全に人間専用の道具立てなんですね……、じゃあ、土器を作る？　原始人からは多少進化した感じですが、土器こそ、そう簡単には作れませんよね……、『火』と『水』に並んで『土』を司るというのも少年漫画のセオリーですけれど、かなり高度なスキルだと思われます。

それよりは、いい感じの形状の石を探したほうが早そうです。コップ型の石とか、お椀型の石とか、ケトル型の石とか、近場に転がってないでしょうか……、そううまくはいきませんね。

かまど作りには成功したのに……、待てよ？

あのとき使ったのは、練習ボールの石でしたが、私が的にした、元椅子代わりの岩のほうはどうでしょう？

一念、岩をも通すと言いますが……、期待ほどではありませんでしたけれど、私が一心に大量の石をぶつけ続けることで、少なからず岩表面の形状がえぐれていました。

いわゆるクレーターです。

こちらの岩にも、きちんとダメージが蓄積されていたようです。己の努力がこうしてきちんと形となって現れていることに、私は初めて原稿を完成させたときにも似た、ちょっとした感動を覚えましたが(意外とコントロールがよかったとも言えます。案外、野球をやっていれば成功したのかも)、それよりも何よりも、私はこのくぼみに水をためることができるのでは?

お椀というにはいくらなんでも縁が分厚過ぎますが、この岩をかまどに据えれば、全体を岩盤プレートのように温められるのでは……。

「そうか……、私はこれから……、この岩を持ち上げて……、自分で設置したかまどのところまで運ぶんだ……」

高揚感が一瞬で消失します。

悪いアイディアではないはずなのに、心底うんざりしました——漫画家志望の腕を、これ以上酷使したくありませんでしたが、しかし背に腹は替えられません。

賢い遭難者ならば、梃子の原理を使ったり、車輪や滑車を用意したりするのでしょうが、今は物理学に思考を割くほうが消耗します。万全の体調でもやりたくない頭脳労働です。なので、細かい理屈は考えず、私は力尽くで岩を抱え上げて、ふらふらとかまどまで運搬しました——火事場の馬鹿力も、そろそろガス欠ですよ。

重量次第では、その岩をかかえたまま波打ち際まで移動し、海水を汲んでからかまどに持っていくというのが総合的にも適切な順路だったでしょうが、とてもそんな時短ができる重さではありませんでした。

というわけで、ほうほうの体でかまどに積んだ岩の容器に、海水を汲んでくる第二の容器としては、私のズタボロの手のひらを使いました——染みに染みて、道中こぼしまくってしまい、三、四往復必要でした。

自分で自分を拷問しているようなものです。

さあ、岩にくぼみを発見した喜びから、ついつい思いつくままに行動してしまいましたが、これではやはり、塩作りでしかありません——私は専売公社ですか。

岩盤プレートで塩を作るって、ステーキハウスを経営したいのならまだしも。

ただ、やっぱりやってみて初めてわかる気付きというのはあるもので、なんとかなるかもという勢いで煮沸に取りかかってみると、この方法で水も確保できることに気付きました——容器に塩分だけを残して蒸発した水は、つまり純粋な水なので、その気体を捕まえればよいのです。

水蒸気をキャッチします。

火中の火を拾った私ならスチームをつかむことだってできるはず！

炉火（ろか）を利用するこの方法なら濾過の工程は必須ではないのでは……、たとえばレジ袋を、かまどの真上にかぶせたりして——レジ袋も漂着していない！

マイクロプラスチック問題への対策が、私を死に追いやろうとしているのだとすれば、忸怩（じくじ）たる思いを隠しきれませんが、プラスチックに限らず、どんな人工物も漂着していないことを考えれば、そういうことではないのでしょう。

だから……、ビニール袋の代わりになる自然物を……、容器と違って、これはたやすく準備できるはずです。だって、要は空気中の水分が結露すればいいのですから、そこまで容器的である必要はないのですから。

極論、ここに天井があれば、お風呂場のように、そこに水滴が張り付くはずなのです——平ための岩を持って、かまどの上にかかげる？

いやいや。

日よけの葉っぱで十分でしょう。

もっとも、仮の宿とは言え、現在使用中の日よけを使うのはためらわれたので、私は茂みに這入って、より大きな葉っぱを引きちぎってきました――これはこれで大規模な自然破壊ですが、生還した暁にはスーパーのレジ袋を断ることで、帳尻を合わせようと思います。

レンジフードのようにかまどの上に、折ってきた葉っぱを掲げ、水分の確保を試みます――いわば人為的に、植物から朝露を求めるような行為で、すごく迂遠なサバイバルをしている気分でした。

迂遠――迂路。

洗人迂路子……。

目の前の現実に立ち向かっているようでいて、私は今もなお、現実逃避をしているところがありますね――今頃、臥煙さんは私（や、貝木さんや斧乃木ちゃん）を捜索してくれたり、救助隊を送ってくれたりしているのでしょうか。それとも、今こそご自身で、西表島に乗り込む準備をしている頃合いでしょうか。

私達の尊い犠牲を無駄にしないように。

ある意味私達を気にせず……。

疲労もあって、あと、ひとまずやることはやったという安堵感もあって、無人島漂流という非日常に基づくハイテンションはさすがにそろそろ神通力を失い、徐々に冷静さを取り戻してきてみると、案外、このほうがよかったのかもなあ、なんて思ってしまいます。

力なく。

なし崩し的に洗人迂路子さんとの直接対決に連れ出されましたが、この遭難は、それでも死ぬよりはマシなのでしょう、きっと。私は蛇神だったことはあっても、不死身の怪異だったことはないのですから――生きてるだけでめっけもので、死んでないだけもっけの幸いです。

洗人さんはどうなんでしょうね？

臥煙さんの実の娘であるなら、イコールで人間であるはずで、不死身どころか怪異でもないはずですが……、でも、臥煙さんがそもそも人間離れしているのも事実ですし。

専門家はほとんど怪異みたいなものというのは、自身が怪異である斧乃木ちゃんの愛のある軽口だとしても。

決定的な対決の場に居合わせられないというのは、去年の経緯を思えば、私らしくもあります——この無人島への漂着は、おそらく、ご縁がなかったということなのでしょう。

飛行機が墜落して、みんな投げ出されたのだと決めつけていましたけれど、案外、私ひとりが非常口から機外へと放り出されただけで、機体は無事（？）に、海への不時着に成功したという可能性もありますよね。

そうであることを望みます。

偽善的な願いではなく、そうであれば、助かった斧乃木ちゃんや貝木さんが、私を見つけてくれる可能性も多少は上がるでしょう——しているうちに、熱せられた岩の容器が、干上がりました。

空焚き(からだ)状態ですが、まあ、キッチンでのそれほど危険ではないでしょう……、それとも、熱し過ぎると岩も爆発したりしますかね？

クレーターへ新たに海水を投入する前に、私のプランの成否を確認しなければ——塩ができているかどうかではなく……、やりました。かかげたレンジフード葉の裏側には、期待していた以上に水滴が付着しています。

恥も外聞もなくべろべろ舐めましたよ、蛇みたいに舌を突き出して。

考えてみれば、海水が煮沸消毒されているとしても、葉っぱのほうの消毒まで気が回っていなかったので、衛生的な心配が残るがっつきでした——水蒸気でそれなりに熱せられているはずですので、懸念するほどではないと信じます。

懸念すべきは私の干物化ですよ。

脱皮してないのに蛇の皮みたいになって、財布の中に仕舞われてしまいます。タイトルも『干物語』になりかねません。

最終的には水分を求めて、直接葉っぱの中の葉脈をねぶっているような形になりましたが（それでいいのなら、最初からそうしろという話です）、ひとまず、私の喉の渇きは潤されました——ぜんぜん飲み足りませんが、熱中症の危険からは脱せられました。

脱皮はせずとも、脱せられました。

これを繰り返せば、水分の確保は——いえ、急場を凌げただけで、これっぽちの水を獲得するために、ここまでの重労働をおこなうのは、いくらなんでも費用対効果が悪過ぎます。

あるいは頭が悪過ぎます。

火事場の馬鹿力は、あくまで非常用の予備電源であって、永続性はありません——こんなことを、一週間に一回ならともかく、毎日、毎時間のようにできるはずがありません。

岩のくぼみのように、私の肉体にだってダメージは蓄積するのです。

将来的には、急場ではない水場を見つけねばならないでしょう……、ただ、今日のところはこんなところです。

初日に死ななかっただけでも上出来でしょう——おちょこ一杯分くらいの水を作っているうちに、私の肌をこんがりと焼いた太陽はとっくに沈み、夜といわれる時間帯になっていました。

途端、肌寒く感じるのだから人間の感覚も勝手なものですが、しかし、夜間になっていることに気付かなかったのは、私がそれだけ水作りに夢中になっていたからというだけではありません。

天井のない夜空から降り注ぐ星明かりが、あまりに眩しかったからです——これなら日暮れまでに作業を終えようなんて、あくせく張り切る必要はなかったんじゃないかというほどに。

星明かりで日焼けしそうなほどでしたが、ついつい、誘われるように日陰から出て行かざるをえませんでした――もしも私が天文学の専門家であれば、プラネタリウムよりもくっきりと見える星々の位置からこの無人島の座標を導き出すことが可能なのかもしれませんけれど、残念ながら、私にわかるのはオリオン座と北斗七星だけです。

Wはカシオペア座？　でしたっけ？

しかし、そんな無知で無学な私でも、この島は、やっぱり沖縄地方のいずこかにあるのではないかと、そう思いました――なぜなら、私は機内で斧乃木ちゃんから聞いていたからです。

わたしが西表島と勘違いした竹富島の星空は、唯一、国で保護されている星空なのだと――言うならば、西表島におけるイリオモテヤマネコが、竹富島では夜空なのだと。

ならば、これほどの星空を見上げられる以上、この島は竹富島の付近なんじゃないかと考えることは、決して希望的観測ではない天体観測なのではないでしょうか――この位置からでは水平線まで陸影はありませんが、島の裏側にまで回れば、存外、竹富島の、はたまた、西表島の姿が見えたりするのかも……。

今はとてもそんな大移動ができる気分ではありませんし、どころか、家を作る元気も、夜食を探す元気も、パジャマを作る元気も、まったくもってありません。

ただ、雲一つない夜空から降り注ぐ星明かりを、一糸まとわぬ全身に浴びて、エネルギーをフルチャージできた気分です――蓄積するのはダメージだけではありません。このまま石を枕に眠ってしまっても、もう二度と目を覚まさないという心配はないでしょう。

棚もないのに、結局いろいろ棚上げにしたままなのは重々承知しておりますが、そこは融通無碍に、千石撫子、一回、休ませていただきますね。はしたなさもこれ極まれりですけれど、大自然の中で大の字になって、すっぱだかで寝るというのも、人間、いっぺんくらいはしてみたい体験でしょう。

おやすみなさい。

いい夜と、いい夢を。

008

水不足の問題は唐突に解決しました。

私のたゆまぬ努力とは関係なく。

世界中の水不足が、こうして解決したらいいのにと願わずにはいられません――降り注ぐ星明かりの下、ぐっすりと安眠していた私の全身を、針で刺すような痛みが襲いました。

哭奈ちゃんみたいに身体中が穴まみれになるかと思う衝撃でしたけれど、しかしまばゆい星明かりに続いて、剣山やハリネズミが降り注いだわけではありません。

降ってきたのは、普通に雨でした。

いえ、普通ではない豪雨でした。

私がすっぱだかであくせく活動し続けたことを、天が雨乞い（あまごい）と勘違いされたのでしょうか？　まるでプール前のシャワーでも浴びているかのような雨降りに、私は慌てて避難しました――軒下というか、葉っぱの下に。

そして改めて、バケツを引っ繰り返したような雨に、再び、ここが沖縄地方であることを確信するのでした――これが噂に名高き、亜熱帯地方のスコールですか。

私の雨乞いで、あるいは遭難した私を哀（あわ）れんで、天が降らせてくれた慈（じ）雨ではなくて、ごく当たり前の気象現象としてのゲリラ豪雨……、葉っぱの下に避難したところでほとんど意味がなく、渇きが一気に癒やされますよ。

戻される干物です。

雨水を直接飲むのはまずいと、二重の意味で思いつつも、しかし口をぴったり閉じたところで、唇の隙間から強引に染み入ってくるような、ピーク時には一寸先も見えなくなる勢いだったウォータースクリーンもさながらな大雨は、しかし、すぐに降りやみました——これもスコールの特徴ですね。

がーっと降って、ぱっとやむ。

もっと長く降っていてくれていれば、雨水をペットボトルに溜められたのに——というわがままは申しません。そのペットボトルが、この島には一本も漂着していないのですから。

あれだけ苦労して確保した『火』も、消火器もさながらな豪雨で当然ながら消えてしまいましたので(なので、雨水の煮沸も叶いません)、このときは、プラスマイナスでとんとんかなと思いました。

なので、次にこんな風に唐突に雨が降ったときのために、なんとか早急にちゃんとした容器を作らないといけないと、一時は深刻に思い詰めましたが、結論から言うと、そのために容器作りに勤しむ必要はありませんでした——同じ程度に、あるいはそれ以上に急激な、つまり急で激しい大雨が、毎日のように間を開けずに降り続けたからです。

一ヵ月に三十五日雨が降る——のは、沖縄ならぬ鹿児島の屋久島ですが、しかしこの無人島も、カンカン照りとゲリラ豪雨の無限サンドイッチのごとしでした。

これなら、これからはあんな原始的な苦労をして、葉っぱの裏を舐める妖怪に化ける必然性はなさそうです——火の使い道は煮沸消毒だけではないので、大雨でも火の消えないかまどを、どうにか頭をひねって工作しなくてはならないのは新しい課題ですが、コンスタントなスコールは私の生存率を、飛躍的にアップさせてくれました。

沖縄最高。将来絶対移住する。

まあこのままだと、望まずともそうなってしまいかねない危険性があります——お察しの通り、スコールの頻度を体験的に理解できるほど、既に私の無人島生活は長引いているのです。

今やショートステイではありません。

囚人のごとく、地面に石を並べてちまちま数えたところによると、今日で打ち上げられてから、もう十四日が経過しています。

実に二週間。

七十二時間が過ぎても、生き延びられるものですね。

しかしこれは同時に、ＳＯＳの形に並べた石のほうも空しく助けが来ていない日数でもあり、私が他の生存者とエンカウントできていない日数でもあります――うまくしのげているようでいて、状況は悪くなる一方なのかもしれません。

ジリ貧の消耗戦です。

もちろん、少年漫画の主人公の能力とは違って、『火』と『水』だけでは、無人島を生き延びることはできません。以下に簡単にではありますが、私がどのように日照りと豪雨の二週間を生き汚くも生き延びたのかの梗概を、ダイジェストでお送りしましょう。

水問題は解決しました（ああ、雨の多い無人島に漂着するなんて、なんてラッキーなんでしょう！）。火も、その天の恵みで立ち消えてはしまいましたが、ともあれ一度の成功体験がありますから、同じ努力を繰り返せば、まぐれで報われることもあるでしょう――厳密には同じではありません。

スコールで湿気た木屑や岩肌の発火条件は、より一層厳しくなるわけですから……、こんな厳密もありませんよ。

厳が密集してます。

ただし、その湿気という課題は、カンカン照りの時間帯に着火装置を天日干しにすればいいという解決策がすぐに見えます。伊達に日焼け少女にキャラ変してませんよ。

一ヵ月に三十五日雨が降るという屋久島のパラド

ックスには、しかしスコールというのは一日中降るわけじゃないという解が用意されているのです――論理的に、『一ヵ月に三十五回雨が降る』はありえますし、まして『一ヵ月に三十五時間雨が降る』なら、本州でもぜんぜん成立しますよね。

洗濯物も干したことのない私が（一人暮らしを始めてからも、横着に乾燥機を使用しています）、まさか晴れ間を狙って石や木を干すことになるなんて……、人生ってつくづく不思議ですね。

怪異より不思議です。

そんなこんなで、火力の問題も、解決とは言わないまでも（できればもっと効率的な発火装置と、雨漏りのしない頑丈なかまどを考案したいです）、繰り延べにリノベーションすることが可能です――では、続いて私が直面するのは、食糧問題です。

食糧問題と言うか、飢餓問題。

ＷＨＯだったりが直面する問題だと思うのですが……、ファーストクラスのミールをたらふく食べたさしもの奢侈も、過重労働と成長期に、使い果たされました。

精根尽き果てました。

精根が抜根されたとも言えます。

これ以上の空腹に襲われる前に舌鼓ならぬ手を打たないと、飢えた私はそこらの砂を食べ始めかねません。砂を噛むような気分です。林檎がなっている木があればいいのにという都合のいい期待がありましたし、別に南国らしくパイナップルでも椰子の実でもいいのですが、しかし、軽く茂みを探索してみても、食卓に並びそうなフルーツは見当たりませんでした。

木の実がまったくないというわけではないのですけれど、果たして可食かどうかとなると、素人目には判断がつきません――根拠はありませんけれど、無人島でおなかを壊すのは、死亡フラグになりかねない気もします。

内臓にダメージを負います。

もっと奥までトレッキングに乗り出せば、念願のフルーツに出会える可能性も幾分高まりそうですけれど、しかしはだかんぼで森の中に飛び込むのは、やはり釈然としません……、防護服をあつらえてからでないと、深入りしたくないという気持ちが非常に強いです。

となれば、山の斜面の逆、海に食材を求めるしかないでしょう。

海の幸です。

魚を捌くという工程には林檎をもぎ取るよりも強めの抵抗を感じないわけではありませんが、しかし生きるためですし、食べるわけでもない蛇を大量に切り刻んでいた前科を持つ私なので、やるとなれば踏ん切りはつけます。

ただ、その罪深き調理の工程まで至れるか否か……、フィッシングの経験はありません。私は釣り具に触ったこともありませんし、また、そもそもこの島には竿がありませんよ。

サバイバル生活では漂着物にテグスなんかがあるのがお約束ですが、人工物が一切期待できない以上、枝やら蔦やらを使って自作するしかありません……、見たことも触ったこともない釣り具を工作するのは、さすがに厳しいです。

餌もありませんしね。

あればまず私が食いつきますよ。

となると、もうちょっと直接的な漁の道具として、銛を作るしかないでしょう——やはり見たことも触ったこともありませんが、構造が単純なのでイメージはしやすいです。

要は槍でしょ？

鏃は、私が着火のために大量生産した砕けた石の再利用で十分でしょうし、それを枝にくくりつければ、まあおおよそ銛と言って差し支えはないでしょう。

作ってみると、思いのほか槍になってしまいましたが、実際には槍と銛ってどう違うんでしょうね？

ともあれ、漫画で覚えたもやい結びが役に立つときがきました——私の細腕な腕力にはちょっと重いですが、水中では浮力が働くので、然程問題ないはずです。

問題があるとすれば、私が泳げないということでした。

泳げないにもいろいろありますけれど、私の場合は一メートルも泳げません……、泳げる人は泳げない人の泳げないを舐めてはいけません。ただし、人間は水に浮くようにできているそうで、だからこそ私はこの島に漂着したわけであって、身長よりも短い距離を泳げないのは、泳げないというより、そもそも泳ぐ気がない、泳ぎたくないというほうが正しいように、我ながら思えます。

ただ、何度も言うよう、自分の命がかかっているのです。私が私のライフセーバーにならないと。

ここはスイミングスクールではありません。

怖いから、という理由で海に入らないということがあるでしょうか？　むしろ、やってみれば意外とすんなり泳げちゃったりするのでは？　ピッチングのように、隠された才能に目覚めちゃったりするのでは？

一時はスクール水着をユニフォームにしていた私ですよ。

と、なんとか前向きにシフトしようとする一方で、私は非常に保身的な人間なので、安全装置の製作には全力を費やしました。

銛よりもしっかり、入念に魂を込めて、救難ロープを作りました……、蔦を何重にもより合わせて、長い長いロープにして、私の胴体と、どんな台風が来ても折れそうにない、私の両腕でもハグし切れないくらい、ぶっとい木の幹に巻き付けました。

浮き輪やビート板もどきが作れれば、それが一番セーフティーだったのですけれど、ビニール袋や発泡スチロールも、やはり人の手による浮き具です……、森を深く探索すれば、海に浮きやすい合目的的な木々というのもきっと見つかるのでしょうが、物事には順序があります。

怪我を避けることを、私は第一にしたいです。

こんなボロボロの手のひらで言っても説得力はありますまいが。

もちろん、この救難ロープが足に絡んで、却って溺れるなんて間抜けな展開にならないよう、たるみ作りに細心の注意を払いつつ、私は海へと飛び込みました——もう少し慎重にテストを重ねるべきだという意見もあるにはあるでしょうが、そもそもこの辺りの海域にはお魚さんが一匹もいないという可能性を考えると、そこは早めに確認しておきたかったのです。

この状況で、無駄働きはごめんです。

なにせ、人工物が漂着しない波打ち際なのですから、生命の浸入をも拒む超常現象が起きていても、なんら不思議はありません——と言うか、そのくらいの不思議は起こりえます。かく言う私は半分、生命じゃないみたいなところもありますし……、ただ、これは杞憂で、海に潜った私の目が確かであれば、結構な数の魚影が視認できました。

危惧していたほど溺れなかったのも朗報です。

意外とすっぱだかであることが、私の感覚を研ぎ澄ましているのかもしれません……、野生に返ったのでしょうか。が、しかし、即席の銛を水中で使いこなせるかどうかというのは別問題でした。

確かに浮力は働きますが、その浮力が、私に銛を、思い通りに操らせてくれません——すぐ手から離れてしまいます。

投球練習のし過ぎで握力が弱くなっているというのもあるでしょうけれど、迂闊でした、たぶん本物の銛には、手首を通すストラップみたいなのが装着されているのでしょう。

槍との違いはそこでしたか。

魚をゲットするどころか、海底（と、言うほど深くはないです。そんな沖にまで出ていません）に銛を取り落としてしまい、モチベーションが激減しました——それは火起こしのかまど作りに比べて、大して難しい工作でもないので、銛を作り直してもよかったのですが、同じことの繰り返しになりそうだと、私は見切りをつけました。

　この諦めの早さは、果たして私の長所なのか短所なのか……、まあ、余裕ができたら練習してみるのもいいでしょうけれど、今は今すぐ、一匹でいいから、釣果が欲しい。

　余裕は自ら作らねば。

　魚がいることが確認できただけでも、金槌（かなづち）が海に飛び込んだ甲斐はありました——蔦で網を作って、一網打尽にするというアイディアも、将来的には採用しても構いません。

　が、私が遭難二日目に取ったアクションは、初日にもさんざんやった、岩に石をぶつけるという極めて原始的な行為でした。

　細かく言うと、海に半分浸（つ）かっているような波打ち際の岩に、上方から強く石をぶつけるのです——こうすると、岩陰（いわかげ）に隠れているお魚さんが、衝撃で気絶して、ぷかりと浮かんでくるというシンプルな漁法です。

　ちなみに法で禁じられています。

　水面に電気を流して獲物を感電させる漁法と並んで悪辣（あくらつ）とされていますけれど、申し訳ありませんが、私は法律を遵守（じゅんしゅ）して飢え死にするつもりはありません。

　で、うまくいっちゃいました。

　さすが、法で規制されているだけのことはあります……、ぷかぷかとお魚さんが、海面に浮上してきました——金魚みたいな大きさの、つまり小ささのお魚さんですが、お魚さんはお魚さんです。

　金魚鉢はゲットできなくとも、金一封に値する釣果です……、いや、確かに罪悪感がないと言ったら嘘になりますね、この手法。

スポーツフィッシングという考えかたには共感できないお年頃の私でさえ（貴族の狐狩りみたいなものでしょうか？）、生きるためとは言え、ものすごくズルをした気分です。

ハイエナと並び称される生物に堕ちてしまったのでは——いえ、ハイエナはイメージに反してライオンよりも狩りがうまいとの説も……、まあ、気持ちよく業に浸るのは、空腹を満たしてからにしましょう。

私はつかみ上げた失神中のお魚さんを（失神——神の座を追われた私が使うと、違う意味を持ちそうな言葉です）、陸上まで運び、そして三枚に下ろしたりカルパッチョにしたりお寿司を握ったりしました、と言いたいところですが、もちろん料理の技術など、甘やかされたこの私が持ち合わせているはずもありません。

米の炊きかたも知りません。

お米を洗ってと言われて、洗剤で洗っちゃうタイプですよ——ただ、この『今時の若者は』と言いたげなあるある話は、そもそも『洗って』という振りが卑劣にも思えますよね。

そこは『研いで』でしょうに。

いっそお魚さんを生で丸呑みにしたいレベルの飢餓感もありましたが、そこはぐっと飲み込みました——当然飲み込んだのはお魚さんではなく飢餓感です。

シラウオの躍り食いも活け作りも悪くないでしょうけれど、料理ができなくても、ここは一応、火を通しておきたいです——先に火を起こしておくべきだったんでしょうが、調理のことに思い至ったのは、魚をぬるっとつかんだときだったので、致し方ありません。

一人暮らしがもうちょっと長ければ、自炊パワーも身について、手順もうまく組み立てられたのでしょうが。

幸い、海の幸い、私が悪戦苦闘している間にも太陽は輝き、辺りからすっかり湿気を取り払ってくれておりました——天然の除湿機ですね。私は野球部のエースよりも投球練習に勤しみ、がんがん着火作業に勤しみました。

やっぱり水泳選手ではなく、野球選手のほうが向いてますかね。いずれにしても、さっきから岩に石をぶつけてばかりです（段取りというものを学習したので、先に簡易かまどを作るくらいの組み立てはしました）。

鱗を削るとか、わたを取り出すとか、そういう下準備をしたほうがいいのもわかっていましたが、このサイズのお魚さんにそこまでの手間をかけられる、職人的なこだわりを発揮できませんでした——シラウオの内臓、取らないでしょ。

これで死ぬなら、千石撫子もそこまでの人間だったということですよ。

その分じっくり焼いて（鍋もないので、かまどの上に平たい石を置いての、石焼きプレートです）、ありがたく、小さな小さな、しかし私にとっては大きな生命をいただきました——もちろん空腹を満たせるほどボリューミーだったとは言えませんけれど、それでも、格別だったと言わなければならないでしょうね。

格別に別格でした。

これもまた無駄の多い、非常にコストパフォーマンスの悪い、たぶん獲得したカロリーよりも消費したカロリーのほうが多い食事だったでしょうが、次からはもうちょっとうまくやれるでしょう——まず、次に雨が降るまでに、かまどの火を保全する方法を考案しなければ。

ウォータープルーフのかまどを作らなくては。

こうして『火』と『水』に続いて、私は『食』の目処もつけました——休む暇もなく、続いて頭を悩ませるべき案件は『衣食住』の『衣』と『住』ですね。

この二択になると、どちらを優先するかは、好みが出てくるところだと思います——昼間と夜間の寒暖差は、昨夜経験した通りです。風邪を引いて、『授業が休めてラッキー！』とガッツポーズが取れる環境ではありません——まして私は、元より不登校児です。

初日こそ星空にパワーをもらいましたが、曇っていることも、雨になることも多い事実を思うと、そんなロマンばかりを語ってもいられません。

暖を取るという意味では、『衣』と『住』は等価のようですが、もしも『衣』を優先すれば、私は山奥に這入っていき、山の幸を探すことが可能になります。

エリアが解放されるのです。

運が良ければ、洞窟や鍾乳洞などを発見し、一気に『住』問題まで解決するかもしれませんよね——のちのち、生存者捜しで島中を探検しなければならないことを思えば、早いうちにやってしまって損はないように考えられます。

なので、『衣』を優先する意見に『異』を唱えるつもりはないのですけれど、ただ、個人的には『住』を優先する選択のほうに心引かれるところがありました。

『重心』がそちらに置かれます。

単純にスコールを天の恵みと思いましたけれど、これはこれで、あんまり続くと風邪引きの要因と言うか……、雨に濡れるのも、かなり体力を消耗するはずです。

それは服を着ても変わらない……、と言うか、着衣のままで濡れるほうが、不快指数は高かろうでしょう。

雨避け、日除けのほうが先に欲しい、という気持ちを抑えられません——衣服よりも掘っ立て小屋のほうが、まだ作りかたの想像がつきやすいという事情もあります。

屋根の下でこそ、裁縫も捗るのでは？

針子の才能が目覚めるのでは？

貝木さんに言わせれば、私の（本来の）ミッションは、洗人迂路子さんがどうして西表島に拠点を構えているのかを突き止めることだったそうですが、その理由如何にかかわらず、拠点を構えることは重要だと、この状況だと痛感します。

どちらを選んでも正解であるこの問いに、そんな経路で私は『住』と結論づけたわけですが、しかしこの懊悩(おうのう)は、結果的にちゃんちゃらおかしくて、私はどちらのタスクも、まったく十全に果たすことができませんでした。

どっちから先にやるかも何も、両方できなかったのです——仕方ありません、ここまでがうまくいき過ぎでした。

無人島に漂着している時点ではなからうまくいっていないのですけれど、『火』と『水』、『食』までのトゥドゥリストにチェックをかろうじて入れられただけで、私にしてはあまりにも上出来だったのです。

運を使い切りました。

順を追って私の至らなさを解説する流れには、忸怩たる思いがありますけれど、しかし手柄話(てがらばなし)だけ語るのは、チェリーピッキングもいいところでしょう。むしろみなさんが聞きたいのは、私のそんなしくじり話では？

私の行き当たりばったりにして持続可能な成長戦略がどのように破綻(はたん)したかと言うと、家作りを舐めていたところから始まりました——不格好ながらもかまどが作れたのだから、それをサイズアップすれば掘っ立て小屋も作れるだろうと図に乗っていたのが非常によくありませんでした。

木と石だけは山ほどあるんですから、それを適宜組み合わせればバス停の待合所もどきを建てられると夢見ていましたが、どうも数学的には、サイズが倍になると重さは八倍になるという理屈があるようです。

二乗三乗の法則。

まだ学校に通っていた頃、習ったかどうか際どい知識ですが……、要するに、模型の感覚でモノホンをビルドアップすると、自重に耐えられなくなって崩壊します。

そんな建物（崩れ物？）の中で眠るなんて、安楽死するための装置を自作するようなものじゃないですか——人道的な処刑装置、ギロチンもさながらですよ。より合わせた蔦のロープにも、屋根の重さを支え続けられる強度がありません。

こんな大変なんだ、家を建てるって。

現在、家出中の私ですが、マイホームを持ってらした私のご両親は、立派だったんだなあと思わされました——まあご両親も、別に自分で一から家を建てたわけじゃないでしょうけれど。

何にせよ、苦労して作ったものが勝手に壊れるというのは、モチベーションがだだ下がりますね……、海底に落とした銛もしかりでしたが、持ち込んだ漫画があえなく没になったときって、こんな気分なんでしょうか。

何をする気もなくなってしまいます。

そういう意味では、『住』から取り組んだのは取り返しのつかない失敗だったようで、まだ何もしていないのに、一気に『衣』に取りかかる元気さえ、私は失ってしまいました。

なにせ衣服に関しては、掘っ立て小屋と違って、設計図さえ思いつきませんしね——型紙っていうんですかね、衣服の場合は？　原始に還った身で想像するに、獣の皮を剝いで、腰に巻くというスタイルがトレンドのように、かろうじて想像できますけれど……、獣に遭遇したら皮を剝がれるのはこっちです。

そもそも獣に逢うためには、山林に深入りする必要があって、山林に深入りするためには、身を守る衣服を作る必要があって……、ここら辺は堂々巡りです。

場当たり的には参りません。

罰当たり的になるのも御免です。

安全を考慮して、葉っぱや木の皮で服を作る——これなら私のサバイバル能力でも、かろうじてできそうではあります。

複雑な立体を作ることは難しくとも、大きめの葉っぱを身体に巻き付ける、浴衣とかポンチョみたいなコートスタイルなら……、それを恐れ多くも図々しくも、服と呼べるのなら、さほど時間もかからないでしょう。

ただ、そんなぺらぺらの衣装があったかいかどうかと言えば……、また、拙い工作で、毛羽立つであろう木々や葉っぱを肌に直接まとうのは、切り傷を回避したいという私の目的とも、相反するものを感じずにはいられません。

魚の皮でも、服は作れると聞いたことがありますが……、それはシラウオや金魚の皮ではないと思われます。

貝殻ビキニを作ってみますか？

それはそんなに頑張らなくても、簡単に作れそうですけれど、そういったセクシーウェアを縫製するくらいだったら、すっぱだかでも大して変わらないような……、恥じらいのないことを言うと、海に出たり入ったり、雨を凌いだりする上では、すっぱだかのほうが楽という現実は否めませんね。

動きやすいのは確かです。

山に入ろうとさえ思わなければ、短期的には正直、快適でさえあります。

誰も聞く者のいない森の中で木が倒れたとき、音がするのかどうかという哲学的問題に準(なぞら)えて言えば、誰もいない無人島ではだかんぼでいることが、果たしてはしたないのか否か。

課題は風邪を引くか引かないか、だけでは？

ここが雪国だったなら、衣服は絶対に作らねばならない、なんなら『火』と同じくらい大切なエレメントかもしれませんけれど、南国なんですから——南仏のビーチだと思い込んで、格好は割り切って、いっそこのままでも構わないのでは？

まあ、ここが雪国だったなら、逆に『住』の問題には、別のアプローチの仕方もありましたよね——私も小学生の頃、月火ちゃんに付き合わされて、かまくらを作ったことくらいはありますから。

かまくら……。

「…………」

ああ——その手がありました。

鳥取砂丘にも雪は積もるそうですが、もちろん、このビーチに、スコールに続いて降雪を期待したわけではありません——すっぱだかで雪乞いはしません、雨乞いもしていません。

雪を求めるまでもなく、砂丘ならぬ砂浜には砂があるじゃありませんか——『砂でかまくらを作る』というのが、挫折した私が閃いた、持続可能な成長戦略です。

閃いたと言えばいいのか、血迷ったと言えばいいのかは、のちの歴史家の判断に委ねますが、むろん、パウダースノーよりもさらさらな砂でも、きっと竪穴式住居を作れるはずだと、ロビンソン・撫子・クルーソーは確信したわけではありません。

そもそも砂、そんなさらさらじゃありませんでしたし。むしろ雪の結晶のごとく、ちくちくでしたし。

第一、たぶん、普通のかまくらでも、普通はひとりでは作れませんよ——月火ちゃんは子供の頃から器用だったんです。

ただ、雨を凌ぐことを段階的に諦め、暖を取ることだけに集中して考えれば、材料が砂だけでも、住居は作れます——竪穴式住居ではなく、横穴式住居です。

ビーチらしい発想でもありますけれど、ほら、海水浴で友達に、顔だけ残して砂に埋められたりする遊びがあるじゃないですか。残虐な拷問ではなく、仰向けに寝転がっているところに、身体に砂をかけられて——あれで昼夜の寒暖差からは、かなり身を守れるんじゃありませんか？

見た目は日焼けマシーンに近いですけれど、この状況で日焼けをしようとする理由はありません。スコールを完全に防げる寝袋とは言えませんが、しかし、直接肌に雨粒を受けるよりはマシでしょうし、眠っている間に干上がってしまうということもない程度には保湿も可能でしょう——日焼け止めなど求めるべくもない以上、これ以上肌に火傷を負うわけにはいかないのです。

さすがに顔まで埋もれたくはないので、大きめのアイマスクまたは、フェイスガードくらいは工作してもいいかもしれませんね。

そのくらいのハンディな工作なら、私の手に負えます。

しかも、指宿（いぶすき）の砂蒸（すなむ）し風呂（ぶろ）を思えば、この横穴式住居はバスルーム代わりにもなるのでは？　虫刺されからも相当に身を守れそうですし……、考えれば考えるほど、これはナイスアイディアに思えてなりません。

いざかまくらです！

はたから見れば、ひとりで海水浴に来て、ひとりで砂に埋もれて遊んでいる究極のひとりっ子ですけれど、人目を憚（はばか）らなくていいところが、無人島のいいところです——私は早速、思いつきを試してみました。思いついたが吉日です。

砂のかまくらと言うか、砂布団ですね。

ちくちくすることしきりです。

砂と言うか、サンドペーパーにくるまれている気分。

原始人どころか、地中に潜る、何かの幼虫になった実感がありましたけれど……、失敗しようもないこの建設工事に関しては、どうやら上首尾に終わりました。

あえて厳しく、この横穴式住居の穴を探すならば、この砂浜の満潮具合や海の荒れ具合によっては、砂に埋もれて身動きの取れないまま溺れ死ぬという点ですけれど、自分で自分に因縁（いんねん）をつけても始まりません（終わるかもしれません）。

こうして私は『住』と『衣』の問題を同時に解決しました——放棄しました、と言ったほうが正確ですね。

神様として新築でぴかぴかの社に住んでいた頃を思えば、雲泥の差にもほどがありますけれど、私が各分野で急場を凌いでいるうちに、斧乃木ちゃんの助けが来てくれるに越したことはないと夢を見ているうちに、永遠とも思える十四日間があっという間に、経過してしまったのでした。

あー。やべーっす。

そろそろ何かを何とかしないと……。

009

お手洗いをどのように済ませているかは察してください。可愛いだけの時代は終わりましたけれど、私もありとあらゆる恥じらいを失ったわけではありません——見えないお洒落も大切ですよ。もしも未来を見据えた斧乃木ちゃんがいれば、トイレットペーパー不足や生理の貧困について語ってくれたのかもしれませんが、残念ながら、今はまだそのときではありません。

わかりました、助けは来ません。

さしあたり、『安全』と『生存』が確保できたことで、ぴったり身動きが止まってしまいましたが、さすがに生存者を探すというフェーズに移行しないと。

馴染んでどうする。

助けを待つのではなく、助けに行くのです。

この二週間の間に、それでもちょっとずつ無力化させられていることは認めざるを得ません——新しく行動を起こしたくない怠惰な気分になっているのは、栄養失調が原因とも考えられます。

やっぱり、こうしている今も徐々に、しかし着実に死に近付いてはいるのですよ。

可愛いだけでなく、意外とタフに産んでくれたご両親への感謝がここでも湧き上がりますが（『可愛いだけ』をこうしてさらっと言えるようになったのは、たぶん現状、私の見た目が相当以上に野生化しているからです。鏡がなくてもそれくらいわかります）、それでも限界はあるでしょう——生存者探しは、私が生存するためのルートでもあるのです。情けは人のためならず、ですね。

精神的にも限界でした。

もしかすると、そちらのほうがきついかも——いえ、ひとりで寂しいとか、無人島生活がつらいとか、そういうのとはちょっとだけズレる感性なのですが、ちょっとだけ私の愚痴を聞いてください。

絵が描きたいのです！

南の島の美しい風景に胸を打たれ、筆を執らずにはいられないというような、ゴーギャンの心境ではなく、単純にこんな長時間、こんな長期に亘って絵を描かなかったのは、頭がおかしくなって神様をやっていた頃以来です。

禁断症状で頭がおかしくなりそうです。

あー、私、本当に漫画描くのが好きだったんだなと、強制的に描けない状況に追い込まれて初めて実感しました——しかもこんなときに限って、一億部突破しそうな抜群のアイディアが次々に降ってきます。

まあたぶんアイディアのほうは錯覚なんですけれど、貴重なチャンスを次々と逃している感がすごくて、今なら私は、『無人島にひとつだけ持っていけるなら何を持っていく？』という問いに、迷わず紙とペンと答えるでしょう。ふたつになっちゃってますが、そこは切っても切り離せないニコイチということで。

おかしな話ですけれど、若干の安堵を禁じ得ません。

ひょっとしたら、と言うよりかなりの高確率で、私は学校に行きたくないだけの言い訳に、漫画家という将来のヴィジョンを持っている振りをしているだけなんじゃないかと己を疑っていましたから――どうやら、ここまで圧倒的に、誰に憚ることなくひとりになっても、まだそんなことを思ってられるんですから、私の気持ちは、気持ちだけは本物のようです。

よかった。

と、胸を撫で下ろしたところで、禁断症状が中和されるわけでもありませんし、酷使されていく手指が、どんどん、取り返しがつかないほど傷んでいくのも現実です。

ペンだこどころじゃありません。

藪の中に這入るまでもなく、身体中、あちこち切り傷だらけになりつつありますし、この島にヘルスメーターはありませんけれど、たぶん体重もこの二週間ちょっとで、十キロ近く減ってるんじゃないでしょうか。

あばら骨が浮くどころか、贅肉が減り過ぎて、胴体がシックスパックみたいになりつつあります……、どんな強火担が見たいんですか、シックスパックの千石撫子を。

名案に思えた砂寝袋というのも、日数を重ねるとあんまりよくないことが判明しつつありますね。掛け布団としては重量があって、身体全体の負担になっているのでしょう――寝ていて、いまいち身体が休まりません、子泣きじじいを乗せたまま眠っているようなものです。

それとも砂かけばばあでしょうか。

こんな生活が続けば、どのみちジリ貧です――生存者を探すためにも、より豊富な、栄養も豊富な食材を探すためにも、洞窟などの、作らなくていいありものの家を探すためにも、何より、衣服が必要であることがはっきりわかりました。

確信しました。

女子中学生だった頃から女子力の低い女子ではありましたけれど、いやはや、ここまで窮地に至って、ようやくファッションに目覚めようとは。遭難してみるものです。

まあ私もこの十四日間、衣服に関して何のプランも練っていなかったわけではないので、試してみたい腹案はあります――山ではなく海に素材を求めるという方向に思考が向いたとき、すぐさま貝殻ビキニを思い浮かべたのは、俗世間に毒された失策でした。

魚の皮という案も実現性さえ伴えばよかったのですけれど、考えてみたら、山に木々が自生しているように、海には海藻が自生しているのではありませんか？

昆布。

あれなら木の皮や葉っぱと違って、ささくれ立つことなく、むしろ保湿クリームでも塗っているかのようにぬるぬるで、日焼けのお肌を保護してくれる理想の布地ではないでしょうか――天の羽衣ならぬ海の葉衣、そしていざとなったら食べられる、一挙両得の素材です。

型紙を作ってお洋服の形にする必要さえありません、長さのある昆布なら、包帯のように身体中にぐるぐるに巻けば、十分な防護服になるに違いありませんから――まあ、匂いはね。

磯の香りはね。

フレグランスに関しては、野生化している今の私も決して昆布のことは言えませんから、忍耐の見せどころでしょう……、ですから、その他いろんな問題にぎゅうっと目をつむって、解決すべき最大の課題を挙げるならば、私はまだ、漁でもなんでも、浅瀬でしか海に挑んでいないので、海藻のお姿を一度も見ていないということです。

正確には、多少はちっちゃいのを見かけていますけれど、今私が望んでいるのは、最低でも包帯になりうるサイズの昆布タイプの海藻です――『砂浜』

ではなく、ガチの『海底』まで行かないと、見つからないでしょうね。

要は、もっと沖に出なきゃという話です。

救命ロープの延長作業……、泳ぎの特訓……、潜水の特訓……、シュノーケル代わりになる植物とかを探してみようかしら……、ぬるぬるの昆布を根元から刈り取るための、草刈り鎌の製作――海なのに、やるべきタスクが山積します。モチベーションがどうとかがたがた言わず、銛も作り直さなきゃ……。

あー、もう、漫画描きたいなあ。

この体験は絶対に漫画にします。小説じゃなくって。

この道が将来に繋がっていると信じて、私は砂寝袋からもぞもぞと這い出し、行動を開始しました――だんだん様になってきてますよ、この芋虫のムーブが。

ペンネームはグレーゴール・ザ・ムザムザにしますかね。

010

いい失敗と悪い失敗、どちらからお聞きになりたいでしょうか？

なるほど。あなたも好きですね。

ではたっての希望に従い、悪い失敗から。

岩に石をぶつけて、草刈り鎌――昆布刈り鎌を作るところまでは順調でした。遭難初日にして、『火』と『水』の能力者になったつもりでしたが、どうやら私は『石』を司る能力者のようです。

千の石を司る千石ですよ。

そして救難ロープを延長コードのように、更に更に引き伸ばし、胴体に必要以上につないで、沖合に打って出ます――特訓とは言いましたが、習うより慣れよの言葉通り、この二週間で、多少は泳げるようになっています（浅瀬でなら）。

怠惰にサボってばかりいたわけじゃあないんですよ。

ただ、『泳ぐ』と『沈む』はまったく違う技術のようで、以前触れたように、基本的に浮かぶようになっている人間の身体を、海底まで沈めるのは、陸上生物の本能的にもなかなかの難易度でした。

水中眼鏡があれば話は別なのでしょうけれど、そんな舶来の贅沢品は求めるべくもありません――シュノーケル作りも、雑草の導管をストロー代わりにできるかどうかを試行錯誤したところで、行き詰まりました。

ストローの日本語訳は藁なので、雑草で代用できるかと淡い期待をしましたが、そんなもんを咥えて潜水するなんて、『溺れる者は藁をもつかむ』を体現するだけのことでした。

なかなか海女のようには参りません。

人間が水に浮かぶ仕組みは正しくは筋肉の比重ではなく、浮袋である肺に空気が入っているからであって、つまり肺の中の空気を全部吐き出せば、人体は自然と海底に沈殿していきますが、人はそれを自然死と言います。

または自殺と言います。

できれば体内の酸素ボンベを満タンにしたまま潜水したい……、昆布の青田刈りに時間を要するであろうことを思えば、尚更です。

悩んだ末、私は『石』のチート能力者として、生来的な特殊スキルを使用することにしました――その辺の手頃な石を腹に抱えて、海中へと飛び込んだのです。

これは自殺としか言いません。

ただまあ、あとから調べたところによると（例によって、『もしも私に「あと」なんて上等な時間があれば』ですが）、スキューバダイバーがより深く潜るために、ウエットスーツに重りをつけたりすることはあるそうですね。

それと同じだと言い張ります。

もちろん安全な浅瀬で、どれくらいの重量の石が適度に沈むのに適当なのか、試行錯誤を繰り返し、ぶっつけ本番を避ける程度の知能は働かせました——しかし、漬物石を抱いて手作りの鎌を口に咥え、海に向かって歩いていくという、サイコホラーみたいなハイリスクを冒したのですから、当然、それに相応しいハイリターンがあるはずと、私は頭から決めつけていました。

そうでないわけがない。

行けども行けども、昆布は見つかりませんでした——と言うより、足場が『砂浜』から『海底』に変わる境目を、私は水中で目を凝らして楽しみにしていたのですけれど、そんな線引きはまったく現れませんでした。

と言うか。

ぼやけた眼前に広がったのは、おそらくなんですけれど、珊瑚礁でした——確たる証拠はありませんし、私は珊瑚礁が具体的にどういうものなのか一切知らないので、裏付けのない印象だけで言っていますけれど、岩とも砂とも違うカラフルな土壌は、土でも壌でもない、珊瑚の礁なのでしょう。

ザ・沖縄。

母なる海の守るべき自然が、そこにはありました——ええ、地球の至宝ですとも、この光景は。水中眼鏡と言うか、ゴーグルがあったら最高だとさえ思いました——危うく、漬物石を珊瑚礁の上に落とすという大罪を犯すところでしたよ。

ただ、その大自然を前に、大自然に見とれる前に、重要なお知らせがひとつ——私のごとき半可通によれば、珊瑚礁は食べられません。山羊料理は聞いたことがあっても、珊瑚礁料理は聞いたことがありません——今見たかったのは、色とりどりの珊瑚礁ではなく、ありふれた昆布の群体でした。

いっそ海ぶどうでもいい。

そもそも昆布って、どんな土壌にどんな風に生えるものなのか、まったく知らずに沖合に出てきてしまった私です――命知らずであり昆布知らず。やれやれ、ここまで来て手ぶらでは帰れませんよ。

せめて沖の魚でも獲って帰りましょう。

抱えているこの漬物石を、ちょっと戻ったところにあった、海底の岩にぶつければ、まあまあの釣果が得られると私の経験が告げています――当然石にも浮力は働きますが、水中では衝撃波が伝わりやすいという噂を聞いたことがあります。噂のように伝わりやすいそうです。

つまり、漬物石を海底に向けて手放した瞬間、急いでその場から離れないと、私が気絶してぷかりと浮かび上がってしまう可能性もあるということですけれど、生きるか死ぬかの選択を四六時中続けていると、これくらいの判断を迫られることには慣れてしまいます。

溺死か飢え死にか。

最悪の二択ですけれど、どちらがより苦しいかと言えば、まあ時間がかかる分、後者なんだろうなあと漠然と思いますし――私は漬物石を手放し、酸素を求めて、全力で浮上しました。

たぶんこの時点で私の肺の中の空気の八割は二酸化炭素になっていたことでしょう――それでも、この一目散の逃走は、お利口さんのすることではありませんでした。

慣れが油断を生んでいます。

浮力の働いた衝撃が思いのほか弱くて、気絶することなく、しかし驚いて岩から飛び出してくる魚群というものを想定していれば、もしかすると口に咥えていた昆布刈り鎌で、そのうち一匹くらい仕留められたかもしれませんのに――しかも、飛び出した魚群の中に、大物がいました。

魚群の中と言いましたけれど、正しくはその大物、魚ではありません――烏賊です。

海中でのぼやけた視界における、私の目に間違いがなければ、ですが……、たぶん烏賊か、そうでなくとも頭足類だったはずです。四方に散った魚群の中には、他にも食いでのありそうなサイズのお魚さんもいましたけれど、しかしなかんずく烏賊はゲットしたかった……！

逃がした魚は大きいです。

魚ではなく軟体動物ですが。

なぜ私がこんなに悔しがっているのか、ちゃんと説明しておきますと、空腹に基づいて苛々しているだけではありません――寂しさのあまり、ダイオウイカと戯れて海賊ごっこがしたかったわけでもありません。

だって烏賊って、墨汁を吐くじゃないですか！

蛸と並んで海の忍者と言われていますけれど、私に言わせれば海の漫画家ですよ！　ゲソ焼きにするとは言いませんから、その墨だけでも欲しかった――まあ、イカスミパスタとかもありますから、墨も食べられるんでしょうけれど、私はそれより、今はインク沼の住人です。

墨汁に飢えています。

たとえ酸素を求めての浮上中でなくっても、私の漁の腕前で、射程距離の長い銛も持たずに、海の忍者を見事に捕まえられたとは思いませんけれど、それでも積極的に捕まえようとしていたら、大物は墨を吐いてくれたんじゃないでしょうか……、ああ、なんてチャンスを逃してしまったのでしょう、私は。好きな週刊誌が廃刊になったくらいのショックです。

……いやいや、落ち着きましょう。

やっぱりおかしくなってますよ、私。

ゲソ焼きじゃないのに焼きが回っていますよ。

海の中で吐かれた墨を、どうやって抽出しようというんですか……、丁寧に掬って煮沸すればいいってものでもないでしょう。烏賊を生け捕りにして、浅瀬で飼育して、欲しいときに墨を吐かせる生体文房具とする、なんて計画を、真面目に立てている場合ですか。

そもそも墨だけあってどうするのです。

Gペンもカブラペンもない、毛筆もありません――それらは枝を削ってなんとか代用するとしても(野生の影響か、この二週間で随分伸びた気もする自分の髪を、引きちぎってくくりつけてもいいでしょう)、原稿用紙がないじゃないですか。

まさか木屑を濾して、お天道様で乾かして、紙作りを始めろと？　パルプの木を探して？　私はあくまで『石』の能力者であって、『木』の能力者ではありませんよ。

せめて牛乳パックがあれば、絵ハガキが作れるのに。

あー、血迷った血迷った。

そもそも、さっきの烏賊にしたって、どうせ見間違いだったのでしょう。私の願望と、疲労の色と、珊瑚礁のマジックが見せた目の錯覚――きっとダツとか、そういう細長いお魚さんだったんじゃないですか？　まったく、どれだけ漫画が描きたいんですか、私は。

いやいや、ここは前向きに、サバイバル生活の中、私の想像力が鍛えられているのだと解釈しましょう――まったく、とんだ砂上の楼閣でした。

「…………（ぶくぶくぶく）」

砂上？　砂？

011

原稿用紙なんてなくとも、どころかインクすらなくても、一本の棒があれば砂浜に絵などいくらでも描き放題だということに私がようやく気付いた時点でも、まだ悪い失敗の最中です。楽しんでいただけてますかね。

おずおず。

砂浜という広大なキャンバスを、最初から手に入れていたというのに、私はそこに大きくSOSと石を並べて満足してしまっていました――機内での斧乃木ちゃんや貝木さんとのやり取りで、チリという国名もしっかり話題にあがったのに、ナスカの地上絵を、どうして私は思い出せなかったのか。あんなあからさまな伏線に気付けないなんてどうかしています。

……ナスカの地上絵は、チリであってますよね？　ペルー……、アルゼンチン……、いや、私の地理の理知によれば、チリのはず！

思い込みとは恐ろしいもので、むしろSOSの三文字を邪魔する足跡さえつけないように、おっかなびっくり気をつけていたほどでした――しかし、二週間経っても発見されないそんな三文字を、後生大事にしている場合ではありません（実際には三文字だけではなく、うろ覚えのモールス信号なども記していますが、割愛）。

場合というなら、海底の岩には魚群が隠れていることがわかったのですから、今私が最優先でするべきは、救難ロープをほどいて組み替え、投網を作ることなのではないかという発想も、かろうじて思い浮かびもしますが、しかし情動のパワーはそんな小賢しい理性を押しのけます。

とにかく絵が描きたい。漫画が描きたい。

思いついたアイディアを試したい。

場所によっては砂に絵を描くことも違法になったりしますけれど、今だけは緊急避難です。私はまるで昔から競泳部に通っていたかのようなバタフライで、ビーチまで戻りました――山林との境界線でいい具合の枝を探します。

枝を選んでいる時点で、選んでいないようなものですが。

もう少しでエネルギー切れという消耗ぶりが、嘘のようにテンションが上がっていました。砂浜に相合い傘を描いて盛り上がっているカップルの気持ちがわかりましたね、私はひとりですが。

もちろん、私が描きたいのは相合い傘ではなく、そう、作品です。紙に描くのとは勝手が違いますけれど、まずは一作、四コマ漫画などを描いてみましょう。

主役は斧乃木ちゃんです。

一時は彫刻や絵画のポーズを取る斧乃木ちゃんばっかり描いていましたからね、彼女は今や私の持ちキャラと言っても過言ではありません。

下書きなしのフリーハンドですらすら描けますよ——砂絵じゃあ下書きのしようがありませんが、ともあれ私は二週間ぶりに、作画作業に取りかかりました。

①無人島に漂着する斧乃木ちゃん。

②持ち前の移動力ですぐさま脱出します。

③しかし脱出すれども脱出すれども、着地する先は無人島ばかりです。

④『これじゃ無人島じゃなくて無尽蔵だよ』。

——ん？

あんまり面白くありませんね？

このライブパフォーマンスに対し、爆笑の声が聞こえてきません……、無人島なので当たり前ですけれど、しかしいけてる漫画を描けたときには、心の中のオーディエンスからスタンディングオベーションが巻き起こるはずなのです。

おかしいな、この二週間、世界を変えるアイディアをストックしていたはずなんですが……、漫画なのに地口（じぐち）オチを持ってきたのがよくなかったのでしょうか？

絵的なダイナミックさは二コマ目の『例外（アンリミテッド・）のほうが多い規則（ルールブック）』ジャンプで十分に表現したつもりだったんですけれど……、志望者が生意気にスランプでしょうか。

これじゃスランプじゃなくてスクラップです。

何がいけなかったのか考えているうちに、満潮の時間を迎えたのか、それとも母なる海が『没』だと言っているのか、波が私の作品を消波ブロックのように打ち消しました──『消波ブロックのように』に至っては、地口オチどころか、意味がわかりませんね。

打ち消しじゃなくて打ち切りです。

くっきり絵が浮き出るように、波打ち際の湿っている砂の部分に四コマを描きましたので、いずれ消えることは前提でしたけれど、あるいは、一番よくなかったのはその習作感だったのかもしれないと思い至りました。

没と言うか、水没ですよ。

ちなみに、ここまでが『悪い失敗』です──私にとって、昆布が取れなかったことより、魚群を逃がしたことより、『描いた漫画が面白くなかった』以上の失敗はありません。

プライドだけは一人前ですので。

ここで『そもそも私は、四コマ作家を目指しているわけではないし』と開き直るようでは、大成はありません──若干、気勢を削がれた感じは否めませんが、私の飽くなき欲求は、とどまるところを知りませんでした。

漫画を描きたい漫画を描きたい漫画を描きたい。

それも後世に残るような名作を。

このままこの無人島で死ぬなら尚更です。

このエゴイスティックな願望は、『名作』という部分を諦めれば、しかしながら、実現可能でした──ナスカの地上絵も、実際には、砂に描いてあるわけではありませんしね。

私は私が『石使い』であることを思い出さねばなりません──つまり砂浜ではなく、岩をキャンバスにすればいいのです。

刹那的なそれではなく、むしろフランス地方の洞窟絵のように、千年二千年先にまで残る、永遠の作品になるのです──この島ではかつて、遭難した漫画家がいたのだと、未来人に誤解してもらいましょう。

子供の頃、月火ちゃんとアスファルトの道路に、白墨で落書きしていたことを思い出しますね——私の幼少期の思い出に、だいたい月火ちゃんが絡んでいるのがほろ苦い気分ですが、かまくら作りにしろ道路の落書きにしろ、そんな他愛もない経験がサバイバル生活に役立つのだから、友達ってやっぱり大事なんですね。

漫画を描くことがサバイバルの一環かどうかは議論のわかれるところでしょうが、娯楽がなければ人は生きていけませんよ。エンターテインメントこそが人生です。実際、次は何を描こうかと考えている私は、自分でも明らかなくらい、生き生きしています——砂絵の四コマは無惨にも失敗したというのに、削がれたやる気は漲るばかりでした。

もちろん、反省は活かします。

道具のせいだけにはしません（道具のせいも絶対ありますけどね——ペンで描くのと枝で描くのとでは、必要な技術がまるで違います）。

今から思うと、なまじ気合いが空回りして、斧乃木ちゃんのキャラデザにこだわってしまったところはありました——死体人形を旧デザインで描いてしまったのです。

旧式のコスチューム。

最近の衣装である背中のあいたタイトなドレスと違って、斧乃木ちゃんは昔、滅茶苦茶描き甲斐のある、ドレープ状でひだひだだらけの、スカートの膨らんだレースまみれの、極めて立体的に縫製されたドレスを着ていたのです——どちらもお似合いですが、ただ、画力向上のためのスケッチとしてはともかく、四コマ漫画のキャラとして若干、装飾が煩雑になっていたかもしれません。

簡略化というのも漫画の代表的なテクニックですからね——私の目指す洞窟の壁画だって、志すナスカの地上絵だって、いわば簡略化の極みではありませんか。

地口オチならぬ、象形文字でもいいのですよ。

特に週刊連載をおこなうとなれば、描きやすいデザインへのこだわりも大切でしょう。ええ、週刊連載を目指していますが、何でしょうか？　そこへいくと、月火ちゃんが斧乃木ちゃんにあつらえたというタイトなドレスなんて、かなり描きやすいほうです。

つるっとした服は描きやすいんですよね。

絵画や彫刻に、どうして男女問わず裸体が多いのかとかを、芸術ではなく技術上の観点から突き詰めると、実は『はだかが簡単だから』という技術論に導かれます。

無人島ですっぽだか生活を送る今の私が、アニメ化できるかどうかとなると別問題ですけれど、布の質感というのは、なかなかどうして、平面では表現しづらいのです。

同じく、今となってはアニメ化不可能ですけれど、スクール水着とか、ブルマとか、ああいう運動しやすい格好というのは、絵にするのも比較的簡単――漫画の登場人物が何かと薄着なのは、決して読者サービスという理由だけではないのです。

更に言及すると、漫画の登場人物に若者が多いのも、素肌の質感、要するに皺を描くのが、一筋縄ではいかないからです――まあ、複雑で立体的に折り重なった衣服を描くのも醍醐味でもあるので、時間が、そして体力があるときには（もちろん、体力に匹敵する画力があるときには）、楽しくチャレンジしたいところですが、如何せん、筆記具が枝では限界があります。

人間の髪の毛が十万本あるからと言って、十万本を一本ずつ描く画家はいないですよね？　服の繊維を、どこまで再現すると言うのです？　だからいっそ、ここは斧乃木ちゃんにブルマを穿かせるくらいの発想の転換があっても――あまり人のことは言えませんが、童女ゆえに、斧乃木ちゃんは上半身に立体感のないフォルムですし――

「……………………」

……………………………………

「……………………………………………………………」

……………………………………………………………

……………………………………………………………

いえ。

いえ、いえ。

いえ、いえ、いえ、いえ。

危うく半裸の童女を作品として、後世に残してしまいかねなかった事態に、すんでのところで蒼褪めながら気付いたわけではなく——それも大切なことですけれど——ここに至って私は、ようやく、無人島に漂着して以来、二週間にわたってずっと冒し続けていた『いい失敗』に、冒険のように冒し続けていた『いい失敗』に、遅ればせながら気付いてしまったのです。『いい失敗』に、あるいは、『最悪の失敗』に。

は？　『石』の能力者？

違うでしょ！

私は『絵』の能力者でしょうが！

012

私が専門家の世界に片足を突っ込むことになったきっかけをどこに求めるかは難しいところですが、かつて神様になったとか、遡れば哭奈ちゃんに呪われたこととか、自らの手で蛇を殺したこととか、そういった経緯もいろいろありますけれど、しかし臥煙さんからシンプルに『能力が評価された』点は無視できません。

と言うより、臥煙さんにしてみれば、重要なのはそこだけでしょう……、私の人間性が評価された、将来性を買われた、みたいなことは絶対にありません。

救済措置ではないのです。

その能力自体、斧乃木ちゃんに巧みに誘導されたところがあるのですけれど――スタイリッシュな漫画風に表現するならば、『描いた漫画を怪異化（式神化）できる能力』と言ったところです。

「僕に言わせれば『蛇足のスキル』だね――お前という元蛇神さまに、ついでに付け足された蛇の足のようなものだ」

とは、開発した斧乃木ちゃんの弁。

その蛇足を巡って、ひと騒動、と言うか、ひと悶着ありました――もう終わったことですのでその物語についてとやかく言いませんが、簡単にあらすじを説明すると、私の描いた自画像であるところのスクール水着やブルマ一丁の千石撫子が、大量に地元の町を闊歩しました。

まともな神経をしていたら、私でなくとも故郷を捨てますよ。

発展途上どころか、この先どう成長するのか、それともある日突然消滅するのかわからない不確かなスキルなので、臥煙さんから指令を受けた斧乃木ちゃんに付きっ切りで管理されている状態なのですが（いわゆる『監視対象』ですね）、振り回されてはいるものの、この才能のお陰で食べられているのも事実です――臥煙さんが私に住居と仕事をあてがってくれるのは、この式神遣い（式紙遣い）の能力ありきです。

実際、痛し痒しの側面もあって、これを自律的に制御できるようにならない限り、私は漫画家になることは許されないので（描いた漫画が片っ端から怪異化するようでは、百万部のヒットは望めませんよ）、自分でも最大限の配慮をし、専門家の指示・指導に粛々と従っていましたけれど、この状況下でそんな『画力』を封じて使用しないというのは、あまりにマゾヒズムに満ちた縛りプレイと言えましょう。

霞網並みの禁漁に手を出しておきながら、そこの言いつけだけは遵守していたなんて……、イリオモテヤマネコに食べられる愛護精神に、これでは引く資格がありません。

後生大事に食料を保存して、餓死するタイプの遭難者です。

逆によくこの二週間を、その反則を使わずに生き長らえたなと、自分で自分に引くくらいですけれど、一方で、皮肉にもここまで追い詰められないと、やっぱりおいそれと使っちゃ駄目なスキルであることも確かなのです。

おいそれではなく、おそれおそれ。

無意識に封印してしまうほどの危うさがあるのです。

自縛か自爆かの二択にも近いのです。

未熟な私の精神状態にも左右される『お絵かき』……、あのときの騒動のように、ここで『四人の撫子』を誕生させるわけには、絶対に参りません。

本当に駄目です。

そりゃあ理想を言うなら『食料調達担当の撫子』『小屋建設担当の撫子』『衣服縫製担当の撫子』『生存者捜索担当の撫子』を岩肌に描き、私も含めた五人のチームで協力態勢を築き、無人島生活の新たなるスタートを切れば、光明が見えてくる公算は高いでしょう――しかしながら、ただただ同じ轍を踏む可能性も高いのです。

別のリアリティ番組になっちゃいます。

あのときと違って、扇さんの協力も望めませんし――あのとき、扇さんは状況をかき乱しただけとも言えますが――、いくら寂しいからと言って、ここで独立した人格を持つ己のクローンを作り出すというのは、お部屋の観葉植物に話しかける怖さも感じます。

病んだ精神を、悪化させかねません。

そもそも（それも、前回そうだったように）、そんな理に適った役割分担なんて、文字通りの絵に描いた餅ですよ。式神を作る能力と、式神を操る能力は、まったく違うのです。

だったら餅を描いたほうがいいです。

ただし、私がこのスキルを発動させた直後、元吸血鬼のキスショット・アセロラオリオン・ハートアンダーブレード——いわゆる忍野忍ちゃんが試してくれたところによると、この『蛇足のスキル』、食べ物を出現させるのにはあまり向いていないようです。

紙に描いたドーナツを出現させたら、紙粘土の味がしました——画力の問題もあるのでしょうけれど、具現化の限界もあるのでしょう。描くのが紙ならばまだしも、岩となると、食べたときに歯が砕ける恐れもあります……、子ヤギを食べようとした狼さんじゃあるまいし、胃に岩など積め込んだら、海に沈んじゃいますよ。ウエイトの効果は実感済みです。

いくら山羊料理が沖縄名物だからと言って。

同じ理屈で、有機体は無理だと思われます——少なくともこれまで、成功例はありません。生き物を生み出すのはタブーなのでしょうか、そこにこそ一層強く、私の中で無意識のブレーキがかかっているのかもしれません。

つまり、お魚さんや牛さんや豚さんといった経済動物を生み出すことはできないのです——逆撫子やおと撫子や媚び撫子や神撫子のような、あからさまな怪異ならば話は別ですが……、いえ、妖怪変化を食べるのは、それこそ怪異殺しである忍ちゃんの専売特許でしょう。

なので、出現させたくて、かつ、出現可能なのは、順当には『家』と『服』ですかね。

欲していた『衣食住』の『衣』と『住』です。

はだかで全身砂まみれになる生活には、もうほとほとうんざりです——こんなのはぜんぜん、指宿ではありません。砂漠のサソリですか、私は。哭奈ちゃんは私のことを蛇蠍のように嫌っていましたが、私は蛇蠍の蛇のほうです。

それとも砂漠の蛇は、砂にもぐるんですかね。

冬眠みたいな。

砂漠で冬眠……、しっくりきません。

さて、能力を使用する上での注意事項はうんざりすることにまだ続いて、自身の生存という意味では、日照りやスコールを避けうる『家』を優先すべきなのですが、理屈の上では出現可能なこの無機物を、私は出現させられたことがありません。

これは能力的な縛りではなく、たぶんそこまで、未熟な私はこのスキルを使いこなせていないということです——巨大な怪異は可能でも、巨大な家は無理です。

なので、飛行機や船も作れません。

もしかすると、サイズもさることながら、物理的なパワーが私の枠を越えている可能性もあります——ミニチュアの家やミニカー、ボトルシップなら作れるかもしれませんけれど、その手の娯楽にはまだ手を出しておりません。

邸宅の建設が可能なら、そもそも一人暮らしするにあたって、臥煙さんのお世話にならずに済んだというお引っ越し事情もあります——あるいは、生命を生み出すことをタブーとしているように、私は家作りを、精神的に拒否してしまっているのかもしれませんね。

『家作り』と『家族作り』。

通じるタブーを感じます。

ちなみに、『火』や『水』を描写すれば、ピッチング練習から解放されるんじゃないかという当然の指摘に関しては『画力不足』という情けない返答が用意されております。

エレメントを描くのは超むずいです。

そういうのは今はデジタル処理でできちゃうから……、せめてこの島にスクリーントーンが自生していれば……、もっとも、石を岩に投げ続けることで着火させていたあの火起こしは、私のスキルが絡んでこその火起こしだったのかもしれないと、今にして思いますが。

要するに、一見チートな私の資質は、現状、せいぜい『服』を作ることにしか、使いようがないということなのです——だけど、この際、贅沢は言いません。

万々歳ですよ、服を着てもいいだなんて。

夢見ていた通り、服を着られれば、探索範囲を山奥まで広げられますし、そうすれば木の実やフルーツや水場などの飲食料の調達、洞窟とか鍾乳洞とかの不動産物件巡り、そして、もう七十二時間はとっくに過ぎましたけれど、同じ飛行機に搭乗していた他の生存者の捜索などなど、なんとなく行き止まり気味だった無人島暮らしのルートが、四方八方に広がります。

アップデートです。

というわけで、岩に服を描きます。

なにせ自分の着る服ですから、いきなり描くのは失敗が怖いので、波打ち際の原稿用岩に、人差し指でアタリを取ります——インク代わりに海水を使用しました。

下書きと言うか、型紙ですね。

このなぞった線を、のちに尖らせた石で丁寧に削れば、私なりの壁画の完成です——ウォールアートに手を出したことはありませんし、それを言うなら、そもそも私は私の『蛇足のスキル』を、ひとりで使ったことさえありません。

いつも斧乃木ちゃんや忍ちゃん、臥煙さんや影縫さんといった専門家のサポート（または監視）の下、極めて安全におこなわれていました——安全におこなわれていてなお、数々の失態を演じてしまったのです。

不安しかありません。

改めて考えてみると、服が欲しいなんて俗な理由で、専門家の許可もなく、こんな過ぎたスキルを保身のために使ってしまって、本当によいのでしょうか？　世の理を、断りもなくねじ曲げてしまっていないでしょうか？

過去のやらかしの反省から、そんな疑問がここにきて首をもたげますけれど、しかし、臥煙さんを始めとする専門家の皆さんは、あれほどのトラブルを起こした私に対し、『もうこれからは、絶対に何もするな』とは言っていません。

　そうしようと思えばそうもできるでしょうに、封じても禁じてもいません。

　私ごときが暴走しても難なく止められる自信があるからというのもあるのでしょうけれど、『次こそはうまくやるように』という、叱咤激励もあるのだと思います。

　ここで縮こまって、持てる機能を完全に発揮しない、怯えて使いこなそうとしないことこそ、あの人達に対する裏切りになるんじゃないでしょうか――大丈夫、慎重に慎重を期しているはずです。

　食べ物とか生命とか家とかエレメントとか、現時点でできもしない画風に向こう見ずなチャレンジ精神で挑んではいません――逆に、ここで服の一着も具現化できないようでは、そもそも貝木さんについてきてはいけませんでした。

　さあ、私はどんなお洋服が着たい？

　和服でも構いませんけれど。

　あまり複雑な構造の服を描くのが現実的でないのは、先述の通りです――砂地に枝で描くよりも、岩肌に石で描くほうが難しいでしょう。ドレッシーではない、なるべくつるんとした、凹凸の少ない服――その上で、肌を剝き出しにしない、身体中を覆う服。となると、ウエットスーツのような全身タイツということになるのでしょうけれど、そこまで特徴がなくなってしまうと、何の絵か逆にわかりづらくなってしまうようですね。

　試し描きするまでもなく、宇宙人グレイの壁画になってしまう結果がありありとイメージできます――イメージできてしまうのがまずいのです、私の場合は。

　生命どころか宇宙生命を産んでどうするのです――ナスカの地上絵を、マジで地でいってしまいますよ。無人島生活から宇宙バトルへの移行は御免こうむりたいところです――無人島生活の時点で御免こうむりたいところですけれど。

そう――イメージです。

逆に言えば、私にさえわかれば、多少拙くて、他の人が見てもぐちゃぐちゃの線にしか見えない象形文字でも、それでいいとも言えます――そもそも、私のポンチ絵を論評する『他の人』なんて、この島にはいないのですから。

わたしがイメージしやすい服――今までの十五年半の人生で、一番多く着てきた服。脳裏に焼き付いていて、似た服を見れば『あれの系統じゃないかな？』と思ってしまうほど、頭の中でパターン化、型紙化されてしまっている、規準となる服。

スクール水着？　ブルマ？

いやいやいやいやいやいやいやいやいや。

とぼけちゃって、もう。

不登校児になって以来のジャージ生活も一年以上に及びましたが、回数で言えば、やはり、あちらのほうが勝るでしょうに。一ヵ月に三十五日雨が降るごとく――当たり前のように、毎日のように、普段着のように、何の疑問もなくそれを着ていた頃がありました。

でも、袖を通すことになるとは思いませんでしたね。

もう二度と、七百一中学校の制服には。

013

不登校児が最終的に制服を着て、元いた学校に再び通えるようになるというハッピーエンドはもうあんまり時代ではありませんし、私に至っては既に学区外まで引っ越してしまっているのですが、しかし結果として、嫌になるほど上手に、私の制服は具現化できました。

夏服ですよ。

繰り返されるトライアンドエラーも想定していたのですが、岩を石でがりがり削るまでもなく、海水でアタリをとった時点で、メモリアル通りの着古した制服が、無人島に現れました。

人工物の一切ないこの島に。

もちろん、我が校——元我が校の制服は今時珍しいワンピースタイプなので、つまりつるっとして凹凸がなくて、セーラー服やブレザーに比べて、描きやすいし認識しやすいという技術的な事情もあるのですけれど、いともたやすく『蛇足のスキル』が発動した、そんな成功裏の裏面には、私の思い入れが思いのほかあったことを、意味しないものではないのでしょう。

慚愧の念に堪えませんよ。

まっとうな青春とやらに未練たらたらじゃないですか、千石さん——まったく、下書きだけで目標を達成してしまうなんて、ネームのほうが面白い漫画ですか、私は。

描写していない下着や靴下、スクールシューズまでも顕現したのだから、もう笑うしかありませんよ——教科書の入った鞄まではセットになっていないのが、なんとも千石さんっぽいです。

着てみても——一年以上ぶりに着てみても——、違和感はまったくありません。成長期ゆえに、少なからず体格に変化はあるはずなのに（無人島生活で激ヤセもしています）、あつらえたように……、あつらえたのですが、しっくりきます。二年生の途中まで毎日のように着ていた、これぞ、私の制服ですよ。なんと言うか、帰属意識みたいなものがひしひし刺激されます。

あんなクラスの、あんなクラスメイトの。

一員だった頃。

期せずしてと言いますか、奇しくもとも言いますか、神様の席を降りたあと、ベリーショートに刈った私の髪は（『切った』ではなく、まさに『刈った』という感じです）、なんだかんだと時を経て、そして無人島での野生生活を経て、あの頃の私と丁度同じくらいの前髪ですよ。

潮風で砂まみれで荒れ放題ですから、同じと言っても具現化した制服ほどには同じではありませんけれど、いろいろあって、最後の最後にスタンダードなキャラデザインに戻るというのは、長期連載漫画のクライマックスみたいで、不覚にもテンションがあがります。

決め台詞があるなら、言うのは今です。

ありませんけどね、私に、決め台詞。

決め顔でそう言いたいところですよ……、ともあれ、念願の衣服の入手に、私はようやくのこと成功しました。

さあ、山ガール。

もとい、山狩りの時間です。

慌ただしいですけれど、ここでのんびり小休止している余裕はないのです——満足感は満腹感ではありません。締め切りに追われる漫画家の気分ですが、空腹でぶっ倒れる前に、山で食料を調達しなければ。

家を見つけられたらよりベスト。

その上、生存者を見つけられたら言うことはありません——もはや私もすっぱだかではありませんので、堂々と人に会えます。

ある意味、すっぱだかのほうが堂々としていたとも言えますが、ぐだぐだと理由をつけて島全体の探索に乗り出さなかったのは、裸体で気後れしていたからなのかもしれません。

あるいはこの島に流れ着いた他の生存者も、同じ理由で、どこかにひっそり引きこもっていたりして——誰も彼もが、衣服を具現化させる魔法の使い手ではありませんし、制服に過度な執着心を持ってもいないでしょう。

大丈夫、服がないのなら、私が作りましょう。

一方、隠れられているとなると見つけるのは骨が折れそうですけれど、まあ、まずは逃げも隠れもしない食べ物からですかね——たぶん、まあまあなスケールの各種栄養分が、今の私には圧倒的に不足しています。

一応、イノシシとかクマとか、野獣が出現するかもしれませんし（逃げも隠れもしないどころか、追われることになります）、武器は持っていたほうがいいですかね――無知な私も、死んだふりで難を逃れられないことくらいなら知っています。

猟銃とかは仕組みがうまくイメージできないので無理とは言え、シンプルな打撃武器なら可能ですので、『蛇足のスキル』で具現化させてもいいのですけれど、ここはハンドメイドの銛でいいでしょう――一度も海で成果を上げられなかった銛が、山で役立つという展開は痛快です。

海に落としてしまいましたが、二世を十分あれば作れます。絵を描くより作っちゃったほうが早いでしょう。

いえ、銛があろうとなかろうと、イノシシにもクマにも、できれば遭遇したくありません……、ジビエはおいしいとは聞きますが、おいしくいただかれるのは私のほうです。

変に武器なんか持ってないほうが、咄嗟に逃げる決断を下しやすいという考えかたもありますけれど、武器ではなくとも長い棒は、山道ではいろいろ役に立ちそうです。

自撮り棒として使うんじゃありませんよ？

無人島に道があるとしたら、それは獣道ですが……、では参りましょうか。

ヌーディストビーチに戻ってこられなくなると困るので（たった一度の山狩りで、洞窟まで発見しようとは思っていません）、チルチルとミチルの物語に従い、元石使いとして、後方に石を落としながら、未踏の地へと足を踏み入れます――ヘンゼルとグレーテルでしたっけ？

お菓子の家があればいいのになあ――果たして何問、同時に問題が解決することやら。

茂みに入り、そこにとどまることなく、これまでの行動範囲を大胆に逸脱して先に進んでみると、やはり道らしい道なんて、獣道さえなかったので、早速鉈が役に立ちました——草や枝をばっさばっさと打ち払いながら、奥へ奥へと進みます。

今日はまだスコールはありませんが、進めば進むほど、湿気がむしむし高まっていきます——真夏みたいですね。

着たばかりの制服も、すぐに汗ばんできます。

一方で太陽光は木々で遮られているので、これは、夜は踏み入らないほうがよさそうです——いくら星明かりが輝いても、山の中は漆黒の闇になることでしょう。

まあ、それでも、陽光や豪雨が降りそそぐ砂浜よりも、多少、足場や視界が悪かろうと、山中のほうが私の得意分野です——山に通い、山に住んだ、千石撫子の本領発揮ですよ。

あの頃も決して無為無策の制服で山登りをしていたわけではなく、それなりにトレッキングの装備は揃（そろ）えていましたけれど……、でも、スクールシューズでも、裸足よりはマシです。

別に頂上を目指すわけではないので、当てもなくうろうろ徘徊（はいかい）することにはなりますけれど……、実際のところ、自然食でもおうちでもサバイバーでも、発見できるなら順番にこだわることはないのですが、私の生命維持という基本理念に立ち返ると、まずはやっぱり、木の実を見つけたいところです。

木の実と漠然と言いましても、雑草、もとい、野草の食べかたを熟知しているとは言えません……、山菜採りの知識はまるっきり皆無です。秋の七草も春の七草も夏の七草も冬の七草も、一草たりとも言えません。

そもそも夏の七草と冬の七草ってあるのでしょうか？

だから、林檎やパイナップル、バナナみたいな、わかりやすい（及び、食べやすい）フルーツがあってくれたら大助かりなのですけれど——おや、キノコがありましたよ。

滑らないように足下に気をつけていたら、危うく踏んでしまうところでした——うーん、キノコですか……。

勘で食べるにはハイリスクに感じます。

毒キノコというのは、すべてのキノコの中でほんの数種類しかないという知識を、ものの本（漫画）で読んだような——逆でしたっけ？　食べられるキノコが、すべてのキノコの中でほんの数種類しかないのでしたっけ？

皐夔稷契、何の書をか読むべき。

本ばかりに頼るのも危険ですね。

いざとなれば一か八かの賭けに出るのも致し方ありませんが、明らかに椎茸とか松茸とかと同定できるキノコでない限り、食指を伸ばさないほうが無難でしょう——エノキダケとかも、自生している姿はちょっと怖いですね。一方で松茸が生えていたら、私はこの無人島を独占する方法を考えなければならなくなります。

ところで、キノコならぬ木の根をしゃぶるというのは、どれくらい現実的なのでしょう？　木の葉だって、食べれば多少は栄養になるのでしょうか？　草の葉っぱでも、ハーブとか、ミントとか、ヨモギとか、バジルとか……、お湯をわかすことができれば、お茶を飲むという贅沢も許されるかもしれません。

ただし、木の根を人間の胃が消化できるかどうか……、海苔は日本人にしか消化できないと聞きかじったことがありますが、今は知識よりも、食物をかじりたい。

木の実を求めて、あるいはキノコの誘惑に負けないように、転ばない程度に樹上へと目を向けるようになりましたけれど、いまいちそれっぽいものは見つかりません。考えてみれば、食べ物がすべて、枝からぶら下がっているとは限りませんよね。

そうだ、木の根はともかく、根菜類は、足下どころか、目に見えない地中で育成されているんじゃないでしょうか。鋸を改造して、スコップをＤＩＹしますかね……、自然薯を折らずに掘り出して――いえ、いいですよ、別にへし折っても。

形にはこだわりません。

わけあり自然薯で大満足です。

険しい山中を闊歩するにあたって怪我をしないように、私は忌まわしい制服に袖を通したわけですけれど、それでもやっぱり、いつの間にか手指をすりむいて、軽く出血していたりしますね……、やはり無謀にもすっぱだかで挑まなくて正解だったようです。

まあ、ピッチング練習で元々ずたぼろの手なので、今更新しい傷がつくことを気にはしませんけれど……、でも、気をつけないと、木の実以前に、植物自体が毒キノコばりの有毒ということもあるんでした。

迂闊に触れるとかぶれる植物。

うるしなんかが有名ですけれど、たぶん他にもあるでしょう――山には危険がいっぱいです。有毒ではなくとも、バラみたいにトゲトゲの植物もありますしね。

全方位に油断できません。

軍手も作るべきでしたか。

どのみち、トリュフを見つけるブタさんでもあるまいし、地中に埋まっている根菜を発見する技術は私にはないので、樹上に視線を戻しましたが、いけません、遠目に、蜂の巣みたいな物体を発見しました。

蜂の巣……！

牛の内臓じゃないほうの蜂の巣……！

蜜蠟を求めて、勇敢にも鋸で叩き落とすという選択肢もありますが、私もそこまで愚かではありません――あれがミツバチの巣ではないことくらいは判別できます。

巣の周りに蜂は飛んでいないので、はっきりと断言はできませんけれど、なんとなく雀蜂(すずめばち)の巣っぽい……？　思わず後ずさってしまいます。山に這入ってからクマやイノシシばかりを警戒していましたけれど、日本の野生生物で人間を一番多く殺しているのは、肉食獣ではなく雀蜂なんですよね。

よくまあ雀なんて可愛らしい名前をつけたものですよ——貝木さんが、かつて火憐(かれん)さんに取り憑かせたという怪異、あれは何の蜂でしたっけ？　囲い火蜂？

火憐さんは山登りならぬ山ごもりとかしてそうですよね。

雀蜂だろうと、蜂の子は食べられるんじゃないかという健啖家の精神も、私の中にまったく生まれなかったわけではありませんけれど、しかし距離を取りながらじっくりと観察する限り、どうやらあの蜂の巣には、ミツバチも雀蜂も、お住まいになっていないようでした。

お引っ越しされたあとでしょうか。

蜂ですら住居にこだわっていると言うのに、私は二週間にわたって砂に埋もれて……、なんと情けない。今のところ、洞窟も鍾乳洞も見つかってはいません。

この無人島が仮に沖縄地方であるならば、天然の洞窟があっても、別段、出来過ぎのストーリーではないはずなのですが……、いっそ山小屋でもいいですよ。

あながち、誇大妄想でもありません。

できない相談ではないはずです。

無人島とは言え、昔からずっと無人島だったとは限らないわけですし——ほら、今や懐かしの機中で、斧乃木ちゃんが言ってたじゃないですか。無人島生活で精神的にやられた私が、悲しい記憶を捏造(ねつぞう)したのでなければ。

いえ、捏造ではなく、竹富町の由布島は、一時無人島になりかけたのを立て直したのだと、斧乃木ちゃんは確かに言っていました——なれば、立て直せなかったかつての有人島がどこかにあっても、さほど不思議ではないでしょう。

それがここであっても。

ただし、ここまでの道なき道中でも、いまだ人工物は一切見当たりませんので、はかない望みではあります――たとえ空っぽのペットボトルひとつでも、入手できればとんでもなくありがたいんですがねえ。

いえいえ、大自然を愛でましょう。

すっぽだかでなく、制服で武装した私は、今や自然の一部とは言いにくいですが（『森から出て行け、人間よ！』）、しかし奥へ分け入れば分け入るほど、眠っていた感覚が研ぎ澄まされていくようではあります。

耳を澄ませば、あちこちから生命の息吹が聞こえてくるよう――実際に聞こえますね、木々の揺れる音や、虫の鳴く声や、そして川のせせらぎが。

川のせせらぎ……、沢ですか？

いや、これも捏造された幻聴でないのであれば、沢は大いに結構ですよ。もちろん今私の身体が欲しているのは水分と言うより栄養分ですけれど、水筒も持たずに山に飛び込んだ無謀を、沢はカバーしてくれます。

むしろ水場の発見は、金脈の発見なみのゴールドラッシュなのでは？　私が雀蜂――ではなく、雀の涙くらいの水を確保するために、している過重労働を思えば、価値観が暴落するくらいのありがたさですよ。

松茸の養殖に成功したようなものです。

それに、塩水ではない水が流れる沢の周囲ならば、必然、自然も豊かなはず……、あるんじゃないですか、私の求めるフルーツパーラーが。ヌーディストビーチではない南国リゾートが。

淡水魚も、海の魚に比べれば獲りやすそうなイメージがあります――護身用に持ってきた銛が、まさかこんな形で役に立とうとは！　まあ実際には石を使いますけどね！

山で遭難したときは、沢を見つけて流れに沿って下ればいいという豆知識は間違いらしいですが、私は水音の聞こえるほうへと方向転換します。

崖下りとは言わないまでも、ちょっときつい傾斜になりましたが、背に腹は替えられません——背に空腹は替えられません。私はときに四つん這いになりながら、水利権を求めます。

やっぱり、制服を着ようと、完全に獣ですよ。

結論から言うと、行き着いた先は沢ではありませんでした——ほらやっぱり、撫公のいつもの奴と言う棒読みの台詞が聞こえてきますが、あったのは、期待以上のもの、沢以上のものでした。

あったのは幕府でした。

ここは鎌倉だったの、それとも江戸？

いいえ、異世界転生ではなく。

肝心なところで漢字を間違えました。やはり学は必要ですね。ちなみに室町がどこに所在しているかは、不勉強ゆえ、私は知りません。幕府ではなく瀑布です。

いわゆる滝壺でした——沢なんて小規模な水場じゃなく、そばに立っているだけで飛沫を浴びるような、大規模な水場です。

ここはナイアガラだったのでしょうか。

カナダまで漂流？

いやはや、そこまでの滝ではないんでしょうけれど、気持ちの上での遠近法で、私はそう圧倒されたのです——なんだったんだ、葉っぱの裏をぺろぺろ舐めていたあの生活は。

歩いて一時間足らずの距離に、こんな素晴らしいシャワーがあったなんて——いえ、直接シャワーを浴びようとしたら、滝行になってしまう高低差ですが。

ぺしゃんこになりかねません。

でも、この水を浴びずにはいられませんでした。

私は制服を脱いで、再びすっぱだかになり、淵へと飛び込みました——これまで汗や汚れは砂風呂と海水浴とスコールとで洗い流していましたが、淡水に浸れるのであれば、私は一秒だって躊躇することなく、野生に帰りますよ。

もちろんがぶがぶ飲みます。

内臓という内臓を水で満たします。

衛生面を考えれば、淡水であろうと湧き水であろうと、絶対に煮沸消毒したほうがより適切なのでしょうけれど、本能的な欲求の前に考えが及びませんでした。

この際、多少、おなかを壊してもいいですよ。

本当に生き返る——不死身の怪異って、生き返るとき、こんな感じなんでしょうか？　水流の冷たさも非常に気持ちいいです。もしも生還できても、一生お風呂は沸かさなくていいとさえ思いました。これからは真冬でも水風呂に入ります。

「はあ——」

落ち着いたところでやや正気に返り、風邪を引くのは致命傷であるという無人島の残忍なルールを思い起こしたので、水風呂の誓いを反故にして淵から這い出して、座り心地のよさそうなその辺の岩にすっぽだかのままで腰を降ろし、一回、小休止することにしました。

びしょびしょの濡れ鼠ですが、バスタオルという生活必需品がないので、乾くのをそのまま待ちます——この辺りは森の上部も開けていて、日差しもそれなりに降りそそいでいるので、なあに、すぐに乾くでしょう。

そうたかをくくっての休憩でしたが、身体のほうはともかく、無人島生活で伸びるだけ伸びた髪は、なかなか乾きませんでした。

目測を誤りました。

ここのところ、ベリショに慣れていたので。

バスタオルよりもドライヤーが欲しい局面でしたかね——水浴びに溺れて（比喩です。足がつく深さでした）、そこまで気が回りませんでしたが、水面を見ているとこの距離からでも、小さいながらも何らかの魚影が観察できます。最悪でも、ここですぐさま飢え死にすることはなさそうですね——いっそ、ここに拠点を構えますか。

ヌーディストビーチを離れるのは後ろ髪を引かれる思いでとってもとっても名残惜しいですが、水と食料を確保できるとなれば、迷う余地はありません。あとは、この付近に暮らしやすそうな駅近の洞窟があれば、言うこともありません——ちょっと待ってください！

ないかもしれませんよ、言うこと！

語り手が沈黙するかも！

滝の裏に宝の洞窟があるんじゃないかと思って夢見がちな視線をやると、いえ、それは当然なかったのですけれど、しかしその過程で、私は対岸に見つけてしまいました。

洞窟でも鍾乳洞でもありません。

しかし——うろを。

樹齢千年はありそうなぶっとい巨木の根元あたりに、ぽっかりと大穴が開いていました——色んなものを探した挙句、何もない虚空を発見するというのは、ヘンゼルとグレーテルではなく、まさしくチルチルとミチル側のストーリーラインになりますが、しかし、これは私の地元の山には求められない、初見の物件でした。

いわば木の幹に掘られた洞窟ですよ。

快適とはとても言えないでしょうけれど、あの穴なら、私のリーディングヌックになってくれるのでは……？　こうして遠目に見る限り、雨風、日差しを避けるには十分なサイズだと思われます。

寝転がることは難しくとも、どうにか丸まって眠ることはできそう……、に見えます。閑散としたビーチと違って身体を伸ばせなくはなりますが、伸ばせたところで砂に埋もれて睡眠を取ることを思えば、天国と地獄ですよ。

休憩も大事ですね。

こうして座って、視点を物理的に低くしていなければ、角度からしてきっと見逃していた住処でしょう……、偶然の産物ではあるものの、やはり山の中は私のテリトリーです。手に取りやすいテリトリーです。

問題は、新居の最寄駅である対岸までどうやって渡るか、ですが……、足のつく深さではありますけれど、何せ瀑布ですからね。川底のどこかが急に深くなっていたり、滝壺に飲み込まれたりすると、しっかり命の危険があるでしょう。

冷静になって振り返れば、水浴びだって、水飲みだって、本当はあんな勢いでしちゃ、絶対駄目でした。生存欲求とはかくも恐ろしい。

まさかワニがいるとは思いませんけれど、ヒルくらいなら余裕でいそうですしね――気を取られると、この水流が、私にとっての三途の川になりかねません。

せめてルビコン川であってほしいものです。

対岸に渡るためだけに筏を作るというのは、さすがに無駄な労力のように感じます。鶏を裂くのに牛刀を用いるようなものです。と言うより、私の工作能力で作った筏では、むしろ途中で分子崩壊を起こしかねないでしょう。

却って危険です。

ただ、ガイドロープの製作には挑んでみてもいいでしょう――海に出る際に使っていた救難ロープの一歩先です。対岸へとロープを渡して、それを頼りに移動しようという、いわば手すりです。プールのレーンみたいな……、ロープの先に石を縛りつけて投擲し、向こう側の木の枝に巻きつけて――私の石使いとしての、最後の仕事ですね。

千の石を使い切りましょう。

二週間前の私ならば、対岸までの遠投に弱音を吐いたかもしれませんけれど、この無人島で繰り返したピッチング練習は、千石撫子を心身ともに鍛えてくれました。

そう言えば、沖縄はプロ野球チームがキャンプ地とする県でもあるのでしたね——こうなると、すべてのサバイバルがこのときのためにあったかのようです。

ヌーディストビーチに置いてきた救難ロープを取りに戻ってもいいのですが、道に迷ったら最悪なので、この場で新調することにしました。材料の蔦は周囲に無限にあります。髪の毛が乾くまでの手すさびには丁度いい編み物です——転んでまた髪の毛がずぶ濡れにならないように、ここは丁寧に編みましょう。

恋人に贈るマフラーでも編むように。

014

遠投の飛距離やコントロールに問題はありませんでしたが、投げた石が向こう岸の枝にくるくるっと巻きつくかどうかというのは別問題でした。

野球選手ではなく忍者の技術が必要です。

新たに生じたこの些細な課題について、私がどんな手を打ったかと言うと——何回も向こう岸に石を投げ続けて、ついには彼岸と此岸にガイドロープを接続しました。

どんなもんだ。

正味、こんな起用をされたらピッチャーの肩、ぶっ壊れますよ。選手生命のクローザーです。はたから見れば、コロガシ釣りを企んでいる悪の漁師だったことでしょう——既に岩を石で殴りつける悪の漁師ではありますけれど、どれだけ釣りのルールを破るのですか、私は。

　漁業権の勉強もしないと。

　さあ、気持ちのいい汗はかいたものの、髪の毛もすっかり乾きましたし、このロープの上を綱渡りしましょう——スラックラインではありません。

　この清流を渡る頼りにするだけです。

　無人島生活で相当のダイエットに成功したとは言え、それでも私の体重を支えきれるロープではないでしょう。あくまでも水流で方向を失わないための基準でしかありません。

　ここもまた、すっぱだかで渡るしかないでしょうね……、制服は折り畳んで、ワンピースを袋状にして底を合わせた靴を包み、ナップサックみたいに背負いましょう。これもこれで忍者スタイル。

　靴下だけは別にしました。

　ロープを編み上げたり無茶な投球を繰り返したりすることでやや感覚を失っている両手の滑り止めとして、手袋代わりに使うことにしたのです——これなら岸に上がってから、仮にうるしの木を触っても、かぶれることはないでしょう。

　岸に上がったのち、裸足で直接スクールシューズを履くのは、汗ばむ環境ではやや不快でしょうけれど、さすがにそろそろ保護をしないと、ピッチャーならぬ漫画家志望の指が、千切れそうです。

　連載もしていないのに腱鞘炎になりますよ。無職なのに職業病にかかっても。

　私は再び、滝壺の中へと踏み出しました。転ばないように、すり足で歩きます。さっきの衝動的な水浴びのときにはあまり意識しませんでしたが、ヌーディストビーチの波打ち際とは、ぜんぜん感覚が違いますね。

　こういった川ならば海に比べて危険は少ないだろうとついつい油断してしまいそうですが、つるっと足を滑らせて、意識でも失って流されて、流された先がまた滝になっていたりしたらと思うと、ぞっとします。

頼りない命綱を靴下の手袋でつかみながら、制服製ナップサックを背中に、銛を脇に挟んで、すっぱだかの私はそろりそろりと移動します——何をしている何者に見えるんですかね、今の私は。

冷めた目で見ると、忍者でも漁師でもありません。

突然川底が深くなっている箇所などもあって、結構危うかったですけれど、おっかなびっくりな歩調で、どうにかワニにもヒルにも噛まれることなく、私は対岸まで渡りきりました——命綱も途中で切れたりせず、最後まで見事、その役割を果たしてくれました。

もしかしたらスラックラインにも耐えてくれたかもしれませんね。

焦らないよう慎重に、岸へとよじ登ります……、そこからまたしばらくは、身体が乾くまで、岩盤浴の時間です。

今回は髪を濡らさないよう気をつけたので、そんなに時間はかからないでしょう——本格的な休息はゆっくり、新居で取らせてもらいます。

「ふう……」

足をぶらぶらさせながら考えます。

この河川を前にすれば、もはや『水』問題は完全に解決されたとして——スコールの際、この滝壺がどれくらい増水するのかは、注意深く観測しなくてはなりません。まったく贅沢な悩みです——偉くなったものですね。

かつ、『食』も『住』も『衣』も、いよいよ棚卸しが可能になったとして——ただし、もっとも早く解決した課題であるはずの『火』問題が、どうやら再燃してきますね。

この快適なシチュエーションで、どう『火』を保つかというのは、絶対的な深謀遠慮が必要不可欠です——湿度が高いから発火しづらいという根本的な難点もありますけれど、この無人島に来てから数々の自然破壊をおこなった私でも、山火事だけは起こしてはならないと理解しているのは、最初に述べた通りです。

巨大な狼煙を上げることになるので、それによって救助ヘリがやってきてくれるかもしれませんが、そのまま警察に輸送されてしまうようでは、無人島を脱出した、とは言えません。

閉じ込められてどうする。

最近はグループから脱退することを『卒業』と言ったり、グループが解散することを『解放』と言ったりしますけれど、脱出編のあとに脱獄編を演じるつもりはありません。

羽川さんならすると言いましたが、実際には、たぶんしないでしょう、少なくとも今の羽川さんなら。

ここに拠点を構えるのであれば、なんとかして、森を傷めない形で、火を安全に管理する方法を閃かないと……、ヌーディストビーチで雑に石を積んで作った防水かまどでは、いささか不安が残ります。なんとかした振りをしてきましたものの、今だから言いますけれど、結局、ウォータープルーフにはできませんでしたし。

着火作業のたびに山火事のリスクを冒すくらいなら、いっそのこと『火』をすぱっと諦めるという手もありますがね——生水と生魚で、あと数日を凌げるのであれば。

さきほどがぶがぶ飲みましたが、今のところ、おなかを壊す気配はありませんし……、生魚はどうでしょう。お刺身だと思えば、サバイバルにはあるまじき高級料理なわけですし……、ああ、でも、川魚って寄生虫が怖いんでしたか？

火事を怖がって命を失うというのも馬鹿げています——ちょうど身体も乾いたようですし、この『火の用心』問題は、新居でひと眠りしてから考えますか。

そもそも新居が、使えるかどうか——私の目の錯覚で、対岸から見えたほど、巨木のうろは大きくないかもしれませんし、根腐れを起こしているかもしれません。

希望的観測に溺れるのはよしましょう。

希望には何度裏切られたことか。

観測するのです。

私は素足に靴を履き、制服を着直して、日焼けした肌の安全を確保した上で、不動産の内覧に向かいます――もちろん、靴下は手に嵌めたままです。思いのほか快適なので、あとで靴下をもう一セット、具現化させたほうがよさそうですね。いえ、そうなったら普通に軍手を具現化させればよいのです――靴下を手に嵌めるのが殊のほか好きなわけではないのです。

やや傾斜の強い、遠目に見たよりは切り立ったような地形の上にどっしり根を生やしている巨木は、むしろ近付いてみれば、より巨木でした――そのうろも、期待以上の間取りです。

おやまあ。

身を縮こめて丸くならずとも、大の字になって眠れそうじゃないですか。

こんな大穴が幹のど真ん中に開いていても、立ち枯れることなく大きく枝を広げているというのですから、植物の生命力にはつくづく驚かされます――屋久杉じゃないんですから、樹齢千年というのは大袈裟かもしれませんが、しかし数百年は生きていそうなこの樹木を前にしては、たかだか二週間生き抜いた程度のことは、誇れませんね。誤差の範囲内どころか、ゼロとイコールです。

私だったら、もっと小さな穴が身体にあいただけでも、すぐに死んでしまいそう――

「――――!!」

あきました。穴が。

わたしの首に、小さな穴が、しかしふたつ、穿たれました――呪ったがごとく、穴ふたつ。

二本の鋭い牙で。

015

吸血鬼に嚙まれたわけではありません。

首というのも、正しくは足首です。

靴下を脱いで、素足でスクールシューズを履いていた、その足首です——細かく言えば、アキレス腱に近い位置です。英雄アキレスでさえ弱点であるその位置が、私の泣きどころでないはずもありません——泣きどころは弁慶でしたっけ？　誰でもいいのですが、私はぶっ倒れました、うろの中に、うつろな目で。

なるほど。

こういうのこういうの。

期待通り、大の字になって寝そべっても、広々としています——しかし、まさしくそれを確認するために、薄暗いうろの中に一歩を踏み出した、その瞬間でした。

踏んだと思った瞬間、嚙まれました。

蛇に。

反射的、かつ本能的に私が手にしていた銛が閃き、その蛇の頭部を叩っ切りました——それは特徴的な、三角形の頭部でした。

スコールや珊瑚礁で、ほぼ確信していましたけれど、これでいよいよ、この無人島が沖縄圏内であることは確定しました——ハブです。

初見の所見ですが、まず間違いありません。

不覚。

蛇獲り名人、一生の不覚。

「いっ——たいいっ！」

ぶっ倒れたまま、恥も外聞もなく、私は叫びました——聞く者もいない、ただ気を逸らすためだけに大声を張り上げます。

森の中で倒れる枯れ木のように。

「いいいっ！」

悶えることすらできません。

ハブの毒は神経毒、出血毒、どちらでしたっけ？　流清？　電話？　どちらも手元にはありません。足下にもありません。

こういうとき、何をすればいいんでしたっけ？　流し読んだガイドブックに書いてあったような――血清？　電話？　どちらも手元にはありません。足下にもありません。

どうしてこんなことに。どうしてこんなことに。どうしてこんなことに。どうしてこんなことに。

嚙まれたのは足首、それも片方の足首なのに、全身を隈なく、隙間なく嚙まれたかのごとく、あらゆる部位から油汗が噴き出します――全身から出血しているようでもあります。

この右足を切り落としてしまいたい。

こんな蛇足を。

違う、違う違う、切り落とすんじゃなくて、縛る……、傷口を洗って、縛る――滝壺まで戻れば、ガイドロープをそのままにしてあるから、それを止血帯にして……。

かろうじて、緩慢に頭は回りますが、身体のほうが指一本、動きません。身じろぎひとつできないとはこのことです。かつて哭奈ちゃんに呪われたとき、私は見えない蛇に身体中を巻きつかれましたが、その比じゃないくらい、現実の毒蛇は、強くて痛いです。

現実最強説……。

結果的に穴だらけになった哭奈ちゃんに比べても、私のアキレス腱に穿たれた穴はほんの微少なものなのに、気丈に立ち上がることはまったくできませんでした。

このうろで、仰向けに倒れたまま。

「う……、うろ」

虚(うろ)。

虚々(うろこ)。

洗人——迂路子。臥煙雨露湖。

新しく拠点にしようと思った先が、蛇の巣だったなんて——だけど、元をただせば、私は洗人さんのアジトを探すために、飛行機に乗ったんじゃありませんでしたか？

結果、無人島に閉じ込められて——ハブ。

「いいいいいいいいいいいいいいいい……、いいい」

海で泳いでいるわけでも川で水浴びをしているわけでもないのに、肺の中の空気が全部外へ出ていってしまって、強制的に私の悲鳴も、尽きていきました。

ともし火が消えるように。

小麦色の肌の、すべての部分が痛覚神経になったような感覚だけははっきりと残っているので、気絶すらできません。

唯一、かろうじて自由になる思考で、私は『これが罠だったのかどうか』、答を求めます……、単に私の運が悪くて、不注意だっただけでしょうか？ 山が自分のテリトリーだとか、思い上がっていたから？ うろに足を踏み入れる前に、銛の先っぽで、先客がいないかどうかをこと細かにチェックするべきでしたか？

それとも——今から思えば、川縁(かわべり)に用意された魅力的な木造一軒家は、私という獲物を狩るための仕掛けでしたか？

前者ならいいです。

諦めます。

北白蛇(きたしらへび)神社をいただく地元の山で、自身にかけられた呪いを解くために、あれだけの数の蛇を殺傷した私です——最後に蛇に噛まれて死ぬというのは、いかにも因果応報(いんがおうほう)です。

綺麗な伏線の回収です。

食べるために、石を使って、魚を捕まえた。

ああいった犯罪と、あの蛇殺しは違います。

短い間とは言え、サバイバルを生き抜いてみて、私もようやく、あの頃の幼いおこないを、反省することができました。

そうでした。

あのとき私がするべきことは、呪いを解くために山に逃げ込み、大量の蛇を生け贄にすることではなくて――向き合えなかった、目を合わすこともできなかった友達とちゃんと話すことでした。

ごめんね、クチナワさん。

ごめんなさい。

「………あー、あー、あー、あー」

無理矢理、からっからの空気を絞り出しながら、私は考え続けます。痛みという痛みから少しでも気を逸らすために。

ただ、これがただの因果応報ではなく、蛇遣いの仕掛けたトラップなのだとしたら――ここで泣きわめきながら、一刻も早く死にたいと望み続けるわけにはいきません。

見習いでこそあれ、私も専門家です。

プロとして。

倒れども、屈することはできません。

「あー……、う」

そう……、蛇殺し。

私は身体を起こせないまま、しかし、漏れ出る悲鳴を、尽きる前に自力で止め、そのわずかな酸素分の気力で、靴下につつまれた指を、指一本動かないで、探します。

指を滑らすように、うろの内部に這わせて、手探りで、探します。

うろうろと探します。

足首の傷を縛るためのロープを。

つまり、咄嗟に殺した、あのハブの胴体を。

呪いを解くための蛇殺しを反省したという舌の根も乾かないうちに、その胴体をサバイバルの道具扱いしようと言うのだから、私の業もいよいよ深いですね。

まあこれは確実に生きるためです。

食べる以上の行為です。

今更縛っても、既に毒は全血管を一巡してしまっているかもしれませんが、それでも、できることはやりましょう。

ようやっとつかんだロープ、または首なし死体で、しかも靴下をはめた手指で、目論見通りに足首を縛るまでには、相当以上の時間を要しましたし、むしろ強く縛ったことで、痛みが倍増したかのようでした。

痛みのあまり切り落としたいとは思い詰めましたけれど、これじゃあどのみち、壊死してもげるんじゃないでしょうか、私の右足は？

いい。

利き腕さえ残ればいいです。

応急措置とも言えない応急措置を終え、次いで私は蛇の巣からの脱出を試みます——靴下につつまれた指を這わせたように、今度は全身をうねらすようにして。

これぞまさしく這う這うの体。

蛇神様だった頃より蛇のムーブです。砂布団で鍛えた芋虫のムーブが、ここに来て応用されます。

このまま滝壺まで一センチずつでも這っていって、傷を洗う……、なんならこっちからヒルを探して、毒を吸わせるというのはどうでしょう？　いや、それよりも……、『蛇足のスキル』をここでこそ活かして……、何を具現化すれば、この苦境を脱せられるのでしょう？

どんな漫画を描けばいい？

今は漫画よりも遺書を書くべき局面かもしれませんけれど——人生という締め切りを守るべく、朦朧とした意識で、私はネタ出しを開始します。

這いながら。這い這いしながら。

もしかして漫画の連載はこれよりキツいのでしょうか——できることなら、ハブ毒の血清を出したい。出したいですけれど、わたしは血清が何なのか自体、ちゃんと把握していません。

血なんでしょうか？

ヘビ毒のリムーバーみたいな器具も、存在はうっすら知っていますが、その形状ははっきりしません……、痛み止めの薬くらいならイメージ可能でしょうけれど、そうなってくると、ドーナツやらの食べ物と同じ扱いになる気もします。

だとすると、血清のなんたるかを知っていたところで、効果はなかったかもしれませんね——もっとも、食料と違って薬品類ならば、プラシーボ効果が働いた公算も大きいです。具現化は、つまりイメージなのですから。そういう意味では、無知もときには悪くないのでしょう——特に、死にかけているときには。

危機的局面——と言うより、瀕死(ひんし)の局面においては、意外と使いようのない画力のようで、まさに『蛇足のスキル』は、余裕のある、余計な付け足しみたいです。

現実に直面した際には弱いです。

だったら一か八で、その辺に自生するキノコでも食べたほうが、まだしも解毒効果がありそうな気がしてきました……、いけない、いけない、やけになりつつありますよ。

私が私の画力を信じないで、誰が信じてくれるって言うんですか——私。

私を描く、というのはどうでしょう？

それはもうやらないって決めただろうということではなく——分身としてのおと撫子や逆撫子、媚びではなく——分身としてのおと撫子や逆撫子、媚び撫子や神撫子を描くということではなく。

他ならぬ『私自身』を描く。

千石撫子を。

……つまり、遺書のような絶筆です。

私は死んでも、作品としての私は残る——ミステリーで言うところの、入れ替わりみたいなものです。

仮に、もしくは十中八九、ここでこの私が、このまま倒れても——既に倒れていますが——つまり斃(たお)れても——私とまったく同じ、経験や思考までまったく同じ『私自身』を、怪異として具現化させたなら、新たなるそんな私が、これからも私として、生きてくれるんじゃないでしょうか。

　それができればほとんど哲学的ゾンビみたいな、つまり不死身の怪異みたいなもので、私のバックアップ――いえ、私のほうが『私』をバックアップする形になり、分身ならぬ本体を、後世に残すという形になります。

　突飛なことを言っているわけではなく、伝説級の、神と呼ばれるクラスの漫画家さん達は、そうやって、己の死後も、自分を残してきたのではないでしょうか。

　自分という作品を。

　それができれば、私が経験した無人島への漂着やサバイバル生活、うろの中でハブに嚙まれたことなどを、斧乃木ちゃんや貝木さん、そして臥煙さんにあますことなく伝えることができます。

　たとえ私がこのまま死んでも。

　私は、彼ら彼女らの心の中に残ります。

　言うならば私という殻を残しての脱皮です――すぐさま実行すべき冴えたアイディアのように思われましたが、しかしながら、これこそ罠としか言いようのない文脈でした。

　私自身が怪異になってどうするのですか。

　五人の大学生に作り出された人工的な怪異である斧乃木ちゃんから、私はいったい何を学んできたのです――死体人形を作ったことで、臥煙さんが、影縫さんが、忍野さんが、貝木さんが、お会いしたことはありませんが、手折さんが、その前途ある人生にどのような呪いを背負ったか、決して忘れてはなりません。

　私は誰に、私の呪いを背負わせるつもりなのでしょう――私の作品の、読者、でしょうか？

　月火ちゃんや哭奈ちゃん？

　人を呪わば――穴二つ。

　こんな呪いみたいな痛みを、後世に残してどうするのでしょう——私にとって、創作とは、遺書や恨み言じゃあないんですよ。

痛くてもいいです。

でも、その痛みを忘れるくらい、痛快でないと。

……現実的に、私をそのまま再現するということは、この足首の二穴も、かつ、体内の毒素まで再現するということで、生み出された新生撫子も、すぐにぶっ倒れることになるという空しい予測もあります。

そんな痛ましくもおいたわしい私を生んで、何になります？　同じ生むなら、痛みを克服した私を、作品として遺したいものですよ。

私はクリエーターです。私自身ではなく、私以上のものを生まないと。

生む……。

臥煙さんの娘——洗人迂路子。

十五年にわたって、臥煙さんはいったいどういうつもりで、今、娘と向き合っているのか——向き合えずにいるのか、こうなると、訊いてみたかったですね。

どういうつもりで娘を産んだのか。

子供にあとを託したいと思うようなかたには見えませんけれど、しかし、私に洗人迂路子さんを投影しているという貝木さんの見立てが嘘でないのであれば、やはり、何らかの気持ちがあるのかもしれません。

訊いてみたかった。

じゃあ、訊かなくちゃ。

なんでも知ってるおねーさんのことを、ちゃんと知らなくちゃ。

怖くて訊けないと思っていましたが、こうなってしまえば怖いものなしです。気が付けば、無様に、どちらが前かもわからないような状態でうねうね這いずっていた私は、どこをどう這ったか、川縁まで到達していました——七百一中学校の制服は、見る影もなくどろどろですが、しかしこの防護服がなければ、私は、凸凹の激しい山中を、這うことさえできなかったでしょう。

蛇足も役に立ちますね。

利き腕じゃなくっとも、おいそれと切り落としていいものじゃありません。

さあ、傷口を清流で消毒して……、全身汗みずくですが、水に浸けるのは右足だけにしないと、今の私に、足を踏ん張る力はありません——ぼんやりとした頭でそう考えて、腰を中心に、体勢を逆向きに入れ替えようとして。

入れ替えようとして。

自分ではわかっていませんでしたけれど、もう私の視界はほとんど機能していませんでした——視力はいいほうのはずなのに、見えているようで、それは水中で目を見開いているようなぼんやりとした透明度で、何もはっきりと見えていません。

だけど、感じました。熱を。

蛇という生き物は、ピット器官だかなんだかで、そういう風に獲物を感じ取り、噛みつくのだそうですけれど——私が感じた熱は、まさにその、獲物に噛みつかんとする熱でした。

冷血動物の熱でした。

「…………」

這いずる私の顔の正面、間近も間近に、うろの中で私が踏んだ蛇よりも数倍は身体の大きい、数倍以上は胴体の長いハブが、同じように這っていたのでした。

私もこれまで、いろんな蛇をいろんな形で見てきましたけれど、こうして寝そべった状態で、視線のばっちり合う角度から見たことはなかったので、元蛇神でありながら、蛇に睨まれた蛙の気持ちを味わいました。

冷血動物——しかし。

その大ハブは、私を獲物ではなく、敵と見据えているようでもありました。

「お……、怒ってる、のかなあ——仲間が殺されたこと」

それとも、仲間の死体を止血帯に使われていることに、怒り心頭なのでしょうか——いえ、怪異ならまだしも、現実の蛇に、そんな感情はファンタジーですよね。

ゲームじゃあるまいし、擬人化してどうするのですか。

もしもこの大ハブから怒りを感じるなら。

それは私の怒りなのです。

生きるためだ、食べるためだと言っても、やはり、そう割り切れたものではないのです——誰しも、なんでも、そういうものなのでしょう。

臥煙さんに、娘に対する感情を訊いたところで、ならば確たる答はないのかもしれません——私のご両親が、私に対して抱いている感情と、きっと同じで。

娘は、鏡じゃありませんからね。

……だとしたら、私があのハブに噛まれたのは、蛇遣いの罠でもなんでもない、やっぱりただの大自然の掟だったのでしょう。

ハブに自分を見立てただけです。

己の中の、悪意や敵意や、恨みや呪いや、逆恨みや呪い返しを。

罪悪感を。

ならば、素直に受け入れるしかないでしょう——希望とも絶望とも幸せとも不幸とも好きとも嫌いとも関係ない、因果応報でさえない、ただの食物連鎖を。

「ああ、でも——この蛇は私を食べるわけじゃないや——寸にして人を呑むとは言っても——」

食べるためでも、生きるためでもなく。

ただ殺すために——冷血動物は、なんのきっかけもなく、まるで羽根でも生えているかのように、横たわる私に飛びかかってきました。既に最後の力は振り絞り切っていて、どうせ体勢を入れ替えることもままならなかったでしょう私の、足首ではない、そのものの首をめがけて。

あはは。

暦お兄ちゃんと、お揃いだね。

そんな笑えるハッピーエンドに泣きそうになった私の、もう何も見えていない視界の中で、牙を剝き出しにしたハブの頭部が――

――食い千切られました。

牙ごと、毒ごと、丸吞みにされました。

何の気配もなく、瞬時に横合いから飛び込んできた、茶褐色でまだらな、一匹の獣に。

絶滅寸前にして蛇を吞む、希少なけだものに。

イリオモテヤマネコに。

016

「もしも世界的な感染症が蔓延したとしても、無人島でひとり生きていれば、パンデミックとは無縁でいられる――だけどそれって、生きているって言えるのかな」

内なる声ではないそんな棒読みに、棍棒で頭をどつかれたような衝撃を受けて、私は喪失していた意識を取り戻しました――ここのところ、砂に埋もれて目覚めることが多かったので、快適な寝起きとはすっかり無縁の生活が続いていましたが、それらと比しても最悪な、悪夢を見て飛び起きたときのような、動悸の激しさを感じます。

感じますが、しかしそんな動悸を無視しうるほど、ショックでした――悪夢から目覚めて、私はまだ、夢を見ているのでしょうか？

「生きていたとはびっくりだよ、撫公。まあ、相当死にかけていたけれどね――」

這い出したはずの、巨木のうろの中。

仰向けに寝かされた私のそばに、死体人形、斧乃木余接ちゃんがちょこんと屈んでいました――いつもと変わらぬ無表情で、何の感情も読み取れない目で、じっと私を見つめています。

否、変わらぬというのは違います。

目。

私の知らないところで犯した何らかの規約違反の罰として、臥煙さんに没収されたはずの斧乃木ちゃんの片目が元に戻っていて、そちら側の眼球でも、死体人形は私を見つめていたからです——戻っているのは眼球だけではなく、そのユニフォームも、以前のドロワーズスカートへとドレスチェンジしていました。

あの描きにくい服です。

なんで……？　着替えてきたの……？

ああ、でも、そんなことはどうでもいいです。できることなら身体を起こして、すぐにでも抱きしめたい——機内で斧乃木ちゃんからそんな風にホールドされていたように、今度はこっちから、全身でがっちりと抱きつきたいです。

鉛のように重い身体は、金縛りのように微動だにしませんが、それでも、私は、悲鳴ではない声を絞り出します。

「斧乃木ちゃん——生きてたんだね」

「死んでるけどね」

いつもの返しでした。

そんなたわいないやり取りでも、二週間の無人島生活と、毒死の危機の直後では、かけがえのない輝きのように感じます。

ひとりじゃない。

何を喋っても、ひとりごとじゃない。

ああ、取り返しのつかないほどしくじったと思いましたけれど、これでとうとう、『生存者の捜索』という、ロビンソン・撫子・クルーソーの最後のミッションも、果たせたと言えそうです。

コンプリートです。

この状況からすると、私のほうが斧乃木ちゃんに発見され、救命されたという流れのようで、これがリアリティ番組ならば、賞金はゲットできないでしょうが……。

「いや、僕は撫公を助けてなんていないよ。人はひとりで勝手に助かるだけさ」

と、忍野さんの台詞を引用する斧乃木ちゃん。

同じ台詞でも、かなり印象が違いますね。

「今回はマジでね。僕は何もしていない――川縁で倒れているお前の姿を発見したときにはもう手遅れで、仕方がないから友達がゆるやかに死んでいくのを黙って静かに見守ろうと、紫外線やスコールを避けられそうな冷暗所であるこのうろに運び込んだだけだよ」

「こわっ……」

さすが、発想が死体人形ですね。

私の腐敗が進行する様子を観察するつもりだったのでしょうか。

「事実、お前が自力で助かったんだよ、撫公。足首を縛っていたのは適切な対処だったし、到達できなかったとは言え、開かれた川縁まで這っていたから、僕が発見できた――実際、大したものだ。北極や南極で生き延びた、お姉ちゃんや忍野のお兄ちゃんを彷彿とさせる」

「そのふたりの遭難と比べられたら、あまりに恐縮だよ……」

ああ、会話してる。

会話っていいなあ。

「僕のしたことと言えば、その足首の二穴から毒を吸い出したのと、マウス・トゥ・マウスで滝壺の水をしこたま飲ませたのと、定期的に汗を拭いてやっただけだ」

「十分、助けてくれてるじゃない」

到れり尽くせりですよ。

元々斧乃木ちゃんは死体だから、傷口から毒を吸い出しても大丈夫なんですね――吸血鬼系の不死身だと、逆に毒には弱かったものです。

「血清が調達できればよかったんだけれどね。意識不明の重体であるお前をひとりここに残していくのも、『例外のほうが多い規則(アンリミテッド・ルールブック)』で病院まで運ぶのも、危険だと判断した――僕はドクターヘリじゃないからね。ここで死ぬならその程度の撫公だったんだろうと、諦めた」

諦めがいいなあ……。

でも、確かに、その通りでしょう。

こんな、ハブが次から次に襲ってくるような場所に放置されても――あれ？　二匹目のハブは、どうなったんでしたっけ……？

私は首筋を撫でます。

牙で穿たれた穴を探したのですが、ふたつどころか、ひとつの穴もありませんでした。

「なんだい？　首筋にも僕のキスマークをつけろって？　欲しがるなあ」

「まさか……、私のファーストキスが斧乃木ちゃんっていうだけで十分だよ」

「そりゃあ光栄だ。ちなみに僕のファーストキスは鬼のお兄ちゃんだよ」

何をやってるんですか、あの人は。

起きしなに聞きたくない情報でしたね。もう一度意識を失ったら、今度は違う悪夢にうなされそうです。

何を考えていたか、忘れてしまいました――えーっと。

「でも、斧乃木ちゃんが健康そうで何よりだよ」

「死にかけてる奴に健康そうと言われてもね。不健康の極みだよ、僕みたいな存在は。しかし撫公のほうこそ、小麦色の肌じゃないか。心ゆくまま快く(こころよ)、ビーチリゾートを楽しんだと見える」

「そうそう、ビーチバレーやビーチフラッグでね……」

ビーチボールがなかったので、石を投げて遊んでいたのですがね。原始的な遊びで、死亡フラグを立てまくりでしたよ。

「私の南国ライフは、今度インスタに上げとくから……、斧乃木ちゃんの話を聞かせてよ。今まで、どうしてたの？　斧乃木ちゃんも、やっぱりこの島に流れ着いていたの？」

食事よりも、今は会話に飢えている私は、斧乃木ちゃんにそう質問しました——こうして何かを話していないと、また意識を失いそうだという事情もあります。

これが夢なら、覚めないでほしい。

頼みますから、瀕死の私が見ている、死に際の幻覚でないことを裏打ちするだけの、説得力のあるエピソードトークを……。

「そうだね。さてさて、どこから話したものか……、お前の二週間に比べたら、僕の二週間なんて、本当、大したことがないし」

「てっきり、飛行機が墜落して、貝木さんともども、海の藻屑になったんじゃないかと心配していたんだよ……」

「なったよ。海の藻屑には」

「え？」

淡々と言うので、冗談との区別が普段からつきづらい斧乃木ちゃんですが、それはいくらなんでも冗談がきついでしょう——海の藻屑になったのなら、今、目の前にいる斧乃木ちゃんは何なのですか。

ガチで私の幻覚ってことになっちゃうじゃないですか。

それだけは勘弁してください。

「パワーキャラであるさすがの僕も、飛行機事故に耐えられる仕様にはなっていない」

「じゃ、じゃあどうして」

そもそも、飛行機事故は実際にあったことなんですか？

機体に巻きつく、蛇の尾——

「覚えているだろう。以前、お前の分身に滅多斬りのバラバラ死体にされた僕を、本体のお前が組み直してくれたじゃないか」

「う……、うん。北白蛇神社の境内（けいだい）の土を使って……」

覚えているも何も、酷い思い出です。今となってはいい思い出とは、とても言えません。

ただでさえトラウマ級ですしね、友達のバラバラ死体なんて。

バラバラにしたのが私の分身であることも含めてトラウマです。

「じゃ、じゃあ、海の藻屑になった斧乃木ちゃんは、広がる大海の中で再合体したってこと？　斧乃木ちゃん、そんなことができるの？」

「できない。それはゾンビの枠を越えている。死体とは言え有機物だから、海洋ゴミが海岸に集約されるようにはいかないよ。海の藻屑になったら、そのままほうぼうへと拡散していくだけだ」

別段、ストーリーテラーとして焦らしているわけではないようで、

「少なくとも、僕ひとりではできない――お前の力が必要不可欠だった、撫公」

と、斧乃木ちゃんは勿体ぶらずに種明かしをしました。

しかし、はっきり言われても、その意図を察せられません――私の力？　偉大なる大自然に敗北し、死につつあった私ごときに、いったい何の力が……。

「画力。『蛇足のスキル』だよ……、描いたんだろ？　砂浜に、僕の絵を」

「…………」

描きましたね。

木の棒で、波打ち際に、四コマ漫画を。

「『これじゃ無人島じゃなくて無尽蔵だよ』」

「やめて？　朗読しないで？」

「サバイバルという得がたい経験をして、腕が落ちるってどういうことだよ」

厳しい論評です。

普段なら襟を正して拝聴したいところですが、今、聞きたいのは駄目出しではありません――第一、なぜ知っているのですか。波が消してくれたはずです

よ、その習作は。

「習作？　駄作の間違いだろう」

「厳しすぎない？　潰(つぶ)れちゃうよ、若い才能が」

「そう。お前の『絵』は確かに海が飲み込んだ——僕が散骨された海に、呑み込まれた」

「あ——ああ」

あの四コマを描いた時点では、私はまだ、『蛇足のスキル』に、葉っぱの裏の露ほども思い至っていませんでしたが——しかし、私の意図とは無関係なところで、ことは動いていました。

そうか——だからこの斧乃木ちゃんは、眼帯もしていないし、昔の衣装で登場したんだ。

私がそう描いたから。

四コマ自体、納得のいく出来ではありませんでしたし、作画に限っても、『紙とペン』が『砂浜に棒』では、上手に描けたとは言えませんけれど、しかし、大切なのはイメージです。

具現化のための、具体的なイメージ。

馴染んだ制服が、下書きだけで具現化できたように——馴染んだ斧乃木ちゃんは、あんな途方もない描きにくさでも、斧乃木ちゃんには違いありませんでした。

「……いや、でもさ。だとしても、ゾンビの枠は越えっぱなしじゃない。見習いの私のサポートがあったとは言え、バラバラ死体どころか粉々死体になっても復活できるなんて——斧乃木ちゃん、忍ちゃんとかよりもよっぽど不死身だよ」

「お姉ちゃんには秘密だよ。ここまで不死身だとバレたら、さすがに解体される恐れがある」

とんでもない秘密を共有してしまいました。

解体されても復活しそうですが。

「謙遜するわけじゃないけれど、運も、シチュエーションもよかったよ。僕のイラストを、あそこの砂浜に描いてくれたのはよかった——その懐かしい制服のように、岩肌に駄作を描かれていたら、僕の肖像画に魂はこもらなかっただろう。駄作は、文字通りの駄作だった」

　文字通りじゃない駄作なんてないでしょ。

　しかし、おかしなことを言いますね——制服のほうは最初から具現化するつもりで描いた絵だという事情もありますけれど、砂浜より岩肌のほうが、明らかに描きやすかったのですが……、砂浜に木の棒じゃ、どうしても線が太過ぎて、うまく描けないんですよね。

「おやおや、道具のせいにするのかい。一流だね、弘法先生」

「弘法先生って」

「もしかしたら、委細承知の上で、僕の絵をあの砂浜に描いたんじゃないかとも思っていたから、ショックのあまり辛辣になっているんだよ。僕なりのツンデレだと思って」

「いや、漫画に関してはいつもそんな感じだったよ？　久し振りに話せる喜びでカバーできてるけど、そろそろ泣いちゃうよ？」

　ん……、でも、『委細承知の上で』ってどういうことですか？　岩肌ではなく、砂浜でなければならない理由があった？

　筆を選ばずとも——紙を選ぶ理由が。

　式紙遣い。

「北白蛇神社の土を使って、バラバラ死体な僕を再構成した経験を、サバイバル生活の中で活かしたのかと感心していたのさ。過大評価だったようで残念だ——もしかして、あの砂浜が、星の砂だったことにも気付いていない？」

「星の砂？」

　なんじゃらほい？

　天の川なら聞いたことがありますが……。

「無知はともかく、その観察力のなさは危険だよ。それもまた、お姉ちゃんには秘密にしておかないと、解体される」

「そこまで危険なの？　私の観察力のなさ」

　不死身の怪異とか関係ないところで解体されてい

ますよ、ひとりの人間が。

　事件じゃないですか。

「星の形みたいにとげとげした砂粒のことを、星の砂と言うんだよ。沖縄の海と言えば、ブルーオーシャンのみならず、この星の砂も有名なはずなんだけど」

　ガイドブックをそこまで読み込んでいませんでした——へえ。道理でちくちくしたはずですよ、あの砂布団。金平糖の布団で寝ているようなものじゃないですか。

「この島の星空、すっごく綺麗だったから、それでなのかな——」

　ぼんやりした頭で適当なことを言ってしまいましたが、いや、いくら星明かりが美しくとも、それで砂粒が形成されたりはしないでしょう。シーグラスみたいなもので、長年の海流が砂の形状を、普通と違わせるのですかね？　あるいは、この辺りの滝から、既に特殊な流れがあって……。

　水流にあっては、普通はとげが取れて、丸くなりそうなものですが。

「でも、ロマンチックだね。有名になるのも頷けるよ。砂布団は寝苦しかったけど、私は毎夜、星に包まれて眠っていたんだと思うと、うん、悪くない気分だよ」

「実際には砂じゃなくて死体だけどね」

　にべもなく斧乃木ちゃんは言いました。

　にべもロマンも気分もないです。

「海岸に打ち上げられた、有孔虫の死体だよ。孔が有る虫と書いて、有孔虫」

「……そりゃ寝苦しいはずだよ」

　どんな棺桶ですか。

　虫は私じゃなくて布団だったのですね。

「お陰で僕が甦った。北白蛇神社の土もよかったけれど、死体人形を構成する錬金術の材料として、死体以上の要素はない」

　スコールや珊瑚礁、ハブに続いて、またしてもここが沖縄地方であることを裏付ける証拠が、検察側から提出された模様です——しかし、虫の死体を星の砂とは、よく言ったものですよ。

「星の死体という説もある。さっきお前が綺麗だと言った島の星空が、地上に産み落とした子供達だという説も。その子供達が、海に住まう大蛇に惨殺された死体が、つまり星の砂なのだと——この竹富町の伝承だよ」

大蛇……。

どこまでも絡んできますね、蛇だけに。

そうだ、一応斧乃木ちゃんに、この巨木のうろが、洗人迂路子さんの仕掛けたトラップかもしれないという仮説を、話しておかないと——こうして冷暗所、もとい休憩所としてきちんと機能している以上、やはり私の取るに足りない被害妄想だったんでしょうけれど……。

「いや、十分ありうるよ、撫公。もちろん、お前を運び込む前に、このうろの安全は精査したつもりだけれど」

さすがプロの式神。

私のような不用心な内見はしませんね——水回りや壁の厚さ、日当たりまでチェックは完璧です。ハブに噛まれても大丈夫な死体人形ゆえに、とも言えますが。

「だけど、この島が洗人の本拠地である以上、どこに罠が仕掛けてあっても不思議はない。そういう意味でも、お前はよく生き延びた」

「ううん、何度も死にそうになったし、斧乃木ちゃんが来てくれなきゃ遠からず——待って、『この島が洗人の本拠地』？」

あれ？

先程も、『この竹富町の伝承だよ』って言いました？

「おいおい、まさかそれにすら、気付いていなかったわけじゃないだろう？　もしそうなら言ってくれ、これ以上恥をかかなくて済むよう、友達として、ここで殺してやる」

友情の重さが砂布団なみです。

ああ……、でも、そうです。

日光。気温。星空。スコール。珊瑚礁。ハブ。星の砂。

そして――イリオモテヤマネコ。

私を二匹目のハブから助けてくれた、牙で牙を喰った、茶褐色でまだらな絶滅危惧種――イリオモテヤマネコがいるなら、私が漂着したこの島は、洗人迂路子のまさしく本拠地、竹富町は西表島に決まってるじゃないですか！

017

「じゃあ俺様はずっと、沖縄県第二の島である高名な西表島で無人島生活を送ってやがったってのかよ、ああん⁉　そんなの町の森林公園で遭難したようなもんじゃねえか！　マジで馬鹿みてえじゃねえかよ！」

思わず逆撫子化してしまいましたが、斧乃木ちゃんからのリアクションは冷めたもので「マジで馬鹿じゃないみたいだとは言っていない」と、棒読みで返しました。

心なし、棒読みでもわかる侮蔑を感じます。

「もっとも、今回はその馬鹿みたいさに救われたのかもしれないよ。無人島ではない有人島だからと、もっと早い段階で、ハブに噛まれていたかもしれない――人里求めてジャングルに深入りしていたら、もっとその場合、僕も復活できていない。言ったよね？西表島っていうのは、並の無人島よりも、よっぽど樹海なんだよ。伊達に東洋のガラパゴスとは呼ばれていない」

「…………」

言われましたね。

実際、西表島の九割がジャングルだという言説は大袈裟なものではなく、月に三十五日雨が降るというレトリックとも違い、むしろ面積からすれば、控えめなくらいだそうです——なにせ国道が、島を一周していないのです。

半周もしていません。

と言うことは、島の外周の残り半分（以上）には、道がないということでもあります——つまり、私は西表島の『裏側』で、遭難していたという理屈になります。

無人島じゃないかもしれない、大陸の一部かも、という希望的観測は確かに当初、抱きましたけれど、しかしながら、そのもの西表島だったとは……、そこまでの前向きな希望的観測、月火ちゃんでも抱きませんよ。

シスコン王子のエース島ですか。

あー、そっか……。

じゃあ、勇気を出して山奥に這入ったからこそ、そのご褒美に滝を見つけられたんだと思っていましたけれど、ここが西表島なら、私が幸運である必要は特にありませんでした……、ガイドブックに掲載されているマップによれば、滝だらけなんですもん、西表島。

撫公も歩けば滝に当たりますよ。

「じゃ、じゃあ、砂浜に人工物が漂着してなかったのは、単純に、定期的におこなわれる観光地のお掃除が行き届いていたってだけ……？　結界でも何でもなく？」

「どうだろうね。判じかねるし、計りかねる。お前が並べていたSOSのモールス信号が届いていなかったことを、単なる不運と捉えていいのかどうか。専門家として見識を述べれば、ここが洗人の本拠地であることを加味すると、お前がここに誘い込まれたのは、複雑な潮の流れの結果とばかりは言えないようにも思える」

斧乃木ちゃんはそう言ってくれましたが、どことなくフォローっぽいですね……、一方で、本州から那覇空港に着陸するはずだった飛行機が、フライト中にトラブルに遭ったのであれば、西表島（の、『裏』）にまで漂流するのは、やや強運過ぎるという気もします。

　少なく見積もっても、四百キロ以上にわたって海面を流されたことになるのですから……、海蛇だってそんなに長距離は移動できないでしょう。ダッチロールした飛行機が気流——乱気流に乗ったとしても……。

　己のテリトリーに誘い込んで、じわじわと、自滅するのを待った……、そういう解釈も、可能と言えば可能でしょう。

「なのに、お前が思いのほかしぶといから、洗人も痺れを切らして、直接的な罠を仕掛けたのかもね——とても専門家のマニュアルじゃないもんね。ビーチを離れず、星の砂に埋もれて自給自足の生活を送るなんて」

「悪かったね、素人で」

「これは駄作と違って誉めてるつもりだよ。ビギナーズラックと言っているつもりもない。そういう奇想天外な行動を期待して、臥煙さんは今回の仕事に、お前をアサインしたんだろうし」

　駄作と違ってって。

　ただ、だとすると私は、無人島生活よりもよっぽど危うい生活を送っていたことになります——よもや、敵の本拠地で、堂々とキャンプを張っていたなんて。

「しかも、すっぱだかでね」

「なんで知ってるの。ヌーディストビーチ事件を」

「撫公のことなら羽川翼よりも知っているよ。汗を拭くときに脱がせたから。ムラのない日焼け跡で一目瞭然だよ。どんな開放的なバカンスを送っていたんだよ」

　なんと。

　これが専門家の観察眼ですか——私にその才能が

あれば、自分でもここが、西表島であることに気付けたかもしれないのに。西表島とは言わないまでも、竹富町であることくらいは、勘付いてもよかったように思います。あんな風に、イリオモテヤマネコに助けられる前に——

「いや、撫公。それはないだろう。僕はお前の話を全部信じるけれど、それだけは作っちゃってるよ。そんなやらせを持ち込んだら、リアリティ番組は成立しないよ」

「リアリティ番組だったら、現時点でとっくに審議入りだよ、こんなの。中学生をすっぱだかにしている時点で」

「イリオモテヤマネコを見たって嘘をつきたい気持ちはわかるけれど、中学生のすっぱだか以上に見られないのが天然記念物の絶滅危惧種なんだってば。親切にもう一度だけ言うと、地元のかたでもなかなか見られない、ガチの野獣なんだよ。幻獣と言ってもいいほどだ。せめてカンムリワシのほうにしとけって。知名度が低い分、よくわからないから、まあ嘘でも本当でもどっちでもいいかって信じてくれるかもしれない」

カンムリワシにも失礼でしょ、それ。

あと、『中学生のすっぱだか以上に見られない』って比喩も、危惧すべきですよ。

「僕もこの仕事を始めて長いけれど、ここまでがっかりしたことはなかったよ。こんな悪い嘘をつくようになるなんて。そういう嘘だけはついて欲しくなかった。自分の弱さを糊塗するための嘘じゃなくて、見栄（みえ）を張るためだけに嘘をつくなんて」

「本当なんだって。本気で私にがっかりしないで。つらい誤解だよ。二匹目のドジョウならぬ二匹目のハブに、しかも首元を噛まれていたら、さすがに即死だったと思う……、そんな窮地に、イリオモテヤマネコは身の危険も顧みずに飛び出してきてくれたんだよ」

「イリオモテヤマネコにとって、ハブなんて危険でもなんでもないよ。旧ハートアンダーブレードが怪異の王である以上に、イリオモテヤマネコは西表島の王だ」

「あんな可愛い猫ちゃんが？」

天敵はいないって言ってましたっけ。

でも、想像よりも小柄だったことは確かです。

「ハブの頭を丸呑みにする姿を見て、まだそんなことを言うところが、まったくもってお前の嘘を裏付けている——人間にも助けてもらえないお前が、なんでイリオモテヤマネコに助けてもらえるんだよ。イリオモテキクガシラコウモリと見間違えたんじゃないの？」

「イリオモテキクガシラコウモリと見間違えていないよ」

そしてまた前段が酷い。

人間にも助けてもらえない私って。

第一、イリオモテキクガシラコウモリは初耳ですよ。蝙蝠がいるとは聞いていましたが……、どんな瀕死の状態でも、猫と蝙蝠を見間違えたりはしません——猫じゃなくて山猫だとしても。

誰が何と言おうとイリオモテヤマネコです。

「お前が一命を取り留めたのは、足首を噛んだハブが、ハブはハブでもサキシマハブだったからというのはあるだろうね。八重山諸島に生息する、このハブの毒性はやや弱い……、それこそ、サイズも小さめだしね」

「二四目のハブは大きかったの。あれは普通のハブだと思う。ハブ空港かと思った」

「嘘に嘘を重ねるなよ。嘘の八重山諸島め」

「誰が嘘の八重山諸島やねん」

関西弁で突っ込んでしまいました。

いえ、関西撫子なんていませんけども。

「そういうニックネームは、貝木さんにつけてあげてよ……、…………、…………、ねえ、斧乃木ちゃん」

貝木さんは？

018

「元々、貝木のお兄ちゃんが貸し切りにしていたのは、あの機体のファーストクラスだけじゃなかった――お前が引くと思って黙っていたけれど、エコノミークラスの全座席も、あの詐欺師が押さえていたんだ。

「敵を騙すにはまず味方から。

「裏を返せば、それくらい、貝木のお兄ちゃんは最初から警戒していた――島に向かう道中に、洗人迂路子から襲撃を受ける可能性をあらかじめ想定していたということだ。

「ハイジャックを警戒して、事実上のプライベートジェット化していた――仕事だったことを思えばビジネスジェット。詐欺師のエアフォースワンと言ってもいいかな。

「もちろんとんでもなく必要経費がかかるけれど、今回は臥煙さんがスポンサーについていたし、無駄遣いのしどころだったわけだ。出し惜しみはなかった。

「金に糸目をつけなかった。

「直行便を使わない乗り換えも、実のところ、こちらの動きを悟られることを警戒してのトランジットだったのかもしれない――いや、ファーストクラスに乗りたいという言い分と、どちらが口実なのかは、僕には判断しかねるかな。

「実際には襲撃は受けたわけだし。

「回避はできない不可避だった。

「トランジットのない直行石垣便だったら襲撃を受けなかったかと言えば、必ずしもそんなこともなかっただろうし、また、海路を取っていれば安全だったかと言えば、それもまたそうとは言い切れないだろう。

「すべてのルートが蛇の道だった。

「上原港（うえはらこう）や大原港（おおはらこう）にも、何らかの手が回っていたと考えるほうが自然だろう——大自然だろう。石垣ターミナルのほうで、既に足止めされていたかもしれないくらいだ。

「先程の、竹富島の伝承じゃあないけれど。

「海には海蛇がいるからね。

「もっとも、空にも蛇がいるのは周知の通りだ——国に保護されている竹富町の星空には、言うまでもなく、蛇座も蛇遣い座も、まばゆくきらめいているゆえに。

「そんなわけで、貝木のお兄ちゃんは最大限の警戒を全方位に向けて払っていたんだけれど、にもかかわらず、僕達の乗る飛行機は空から海へと落とされた。

「僕は海の藻屑となり、撫公は漂流した——非常口で乗客の避難を誘導する暇もなくね。他の乗客はいなかったわけだけれど。

「しかし、盲点はあった。

「座席を貸し切りにして、どれだけ安全を徹底したつもりでいても、しかしパイロットや副パイロット、客室乗務員など、まるっきり無人で運航するわけにはいかないからね、航空機は。

「飛行機の自動運転はまだ一般化していない。

「おそらくは、今言った搭乗員の面々が、そっくり入れ替わっていたのだろう……、蛇に。

「僕達のエアフォースワンは最初から蛇に乗っ取られていた。蛇の手のうちにあった。

「蛇に手はないか。

「洗人に五つある、頭のひとつと言うべきか。

「しかし手も足も出ないのは、こちらだった。

「潜り込むのは蛇の得意技と言うより、生態だからね——この辺りの説明は、かつて蛇神だったお前には、するまでもないだろう。『可愛いだけの撫子ちゃん』時代には、お前もよく人の心や人の懐に潜り込んでいたしね——まあ、真実は突き止めようがない。

「実は単純な整備不良かも、機体の老朽化かもしれない……、飛行機恐怖症の人間が主張する通り、確かに空を飛ぶことには、一定のリスクはあるんだ。僕が『例外のほうが多い規則(アンリミテッド・ルールブック)』で飛び回るリスクを、完全に無視しているお姉ちゃんや鬼のお兄ちゃんのほうが、頭がおかしいと言える。

「上巻参照。

「要するに計算外だったし、敵のほうが一枚上手だったということになる——結果として、機体も、僕達もバラバラになった。

「僕達もバラバラになったという言葉には、僕という死体人形がバラバラになったという意味も含まれる——よもや復活できるとは思わなかったから、返す返すもびっくりしたよ。

「なかなか殺してもらえないもんだね。

「自ら死を望んだキスショット・アセロラオリオン・ハートアンダーブレードの気持ちを、不覚にも少しだけ理解できた——これも上巻参照ってことでシクヨロだ。

「お前が飛行機事故の、唯一の生存者になれた理由は、蛇を蛇で相殺した——相殺とは言えないまでも、減殺したというのはあるのだろう。空の蛇も海の蛇も、人の蛇で、あるいは神の蛇で、可能な限り打ち消した——首の皮ならぬ蛇の皮一枚で生き残った。もっとも、それだけでは説明がつかないというのもまた確かだ。

「洗人がお前に興味を持ったという仮説を、僕なら立てる——蛇遣いが蛇に関心を寄せること、これも大自然であると言える。

「僕がお前に召喚されたように、お前は洗人に呼ばれたのかも。

「でないと、やはり、あの墜落地点から西表島に漂着するのは異様だからね——少なくとも、漂着後のお前のサバイバルを、蛇の目で観察していたことは間違いないだろう。

「リアリティ番組とはそういう意味だ。

「占拠率百パーセント。

「そして実際にお前の話を聞いて、総合的にまとめてみると、この展開そのものが、貝木のお兄ちゃんの劇場型詐欺だったんじゃないのかと、僕は疑りたくもなってくる。

「ハイジャックされるどころか、飛行機を落とされるところまで、あの詐欺師は織り込み済みだったんじゃないかと、更に大胆な仮説を立てたい欲求を抑えきれない。

「飛行機が蛇の巣であることを承知の上で。

「乗り込んだんじゃないか。

「臥煙さんの意図が、どうして西表島に洗人が拠点を構えているのかを探らせることだったと言っても、まっとうなアプローチじゃ、西表島に辿り着くことさえままならないと判断した貝木のお兄ちゃんは、突貫工事で裏道を作ることにしたんじゃないだろうか。

「イリオモテヤマネコの専用トンネルを掘るがごとく。

「強いて言うなら水道を――西表島に西からアプローチする、裏水道を。

「貫いて、突き通した――嘘を吐き通した。

「飛行機を借り切っても、搭乗員までは手を回さないというあからさまな手抜かりを見せることで、洗人の先制攻撃を誘った……、送り込まれた刺客により、僕達の飛行機はまっさかさまに落とされたけれど、結果として、こちらもまた、敵地に刺客を送り込むことに成功したわけだ。

「刺客を。

「撫公と、この僕を。

「さしもの大蛇とて、その悪しき妄想の範囲外だろう――あの希代の貝木泥舟が、詐欺で築いた財産と自らの生命をミスディレクションにして、三下を差し向けてくるなんて。

「まったく、とんだ囮物語だよ」

019

「……え？　ちょっと待って、斧乃木ちゃん」

私は斧乃木ちゃんの棒読みによる語りにストップをかけました——本題はここからという気配も感じましたが、しかしその前にひとつ、物申したいことがあります。

「貝木さん、死んでない？　その話だと」

「死んだよ。撫公、飛行機が落ちたらね、普通、人は死ぬんだよ。それが飛行機事故だ。飛行機恐怖症を嘲う飛行機好きも、この点だけは分が悪い。人は死ぬ。病気でも事故でも、寿命でも感染症でも、飢えても渇いても溺れても、ハブに嚙まれてもイリオモテヤマネコに食われても、普通、人は死ぬんだよ」

「——え？」

いや。

そりゃそうなんですけれど——でも、だって、貝木泥舟ですよ？

神時代の私すら、止めてみせた専門家ですよ？

「気にするな。あいつは元々、とっくに死んでいたようなものだ——生きている振りをしていた、人形みたいなものだ」

死体人形でなかっただけだ。

と、斧乃木ちゃんは棒読みで言いました。

何の感情もこもっていない棒読みで。

「お前も十五歳だ。そろそろ親しい人間の死に触れてもいい頃だろう」

「ど、どど、どうかな、ちょっとまだそれは早いような——」

「お前よりも幼くても、家族の面倒を見るために働いている子だっているんだよ」

「ヤングケアラーを悲劇扱いするのも駄目だけど、美談扱いするのも駄目なんだって」

「語られなくなるのが一番駄目だろ」

「あ、わかった、それが嘘なんでしょ？　貝木さんは敵の策にはまって死んだ振りをして、洗人さんを騙そうとしているんでしょ？　敵を騙すにはまず味方から——」

「そう思いたければ、そう思っても全然いいんだけれど。そうやって騙し騙しやっていけばいいんだけれど。生死の境目を曖昧(あいまい)にする。案外それが、詐欺師にして専門家、貝木泥舟の最後の嘘なのかもしれない」

あくまで飄々(ひょうひょう)と、態度を変えない斧乃木ちゃん——その無表情からは、やはり感情らしき何かを読み取ることはできません。

「…………」

事実として。

この二週間で、私はいつ落命してもおかしくないような状況で、十五歳であろうとなかろうと、常に死を身近に感じ続けていたわけで、だから斧乃木ちゃんの言うことがわからなくはありません——ここでわからない振りをするのは、とぼけているだけでしょう。

厳しい現実から目をそむけています。

前髪をたらし、後ろ髪をひかれるように。

昔みたいに。

何もわからない振りをして、月火ちゃんや哭奈ちゃんの言いなりになっていた頃のように——わかっていても、騙されるほうがずっと楽だった頃のように。

でも——貝木さん。

「わからないな、僕のほうが」

斧乃木ちゃんは言いました。棒読みで。

しかし本当にわからないと言うように。

「確かにお前を神の座から引きずり下ろしはしたけれど、別に貝木のお兄ちゃんは、お前の命の恩人ってわけでもあるまいに。お前は別にあのまま君臨し続けていても、幸せではあったはずだ」

「そ、そうなんだけど——」

「機内であれこれ不登校児を軽んじるような発言をしていたから、その罰が当たったんだと思えばいいのに」

「そ、それに関しては斧乃木ちゃんも、結構キツいこと言ってたような……」

とは言え、哭奈ちゃんが私に仕掛けた呪いは、元をただせば貝木さんが彼女に売りつけたものであり、そういう意味では、あの人はむしろ恩人どころか仇敵なのです。

神様の座から引きずり下ろしたことにしたって、私のために、私を思ってしてくれたわけではありません。貝木さんには貝木さんの事情があっただけのことです。

にもかかわらず、感謝したり、その件をもって許したり、信頼したり、好感を抱いたりするのは、あまりにお人好しでしょう——だけど、だからと言って、そう簡単には割り切れません。蛇を殺したことを、開き直ろうが悔い改めようが、断ちきれないように。

受け止められません。

思いを止められません。

「まあ無理しなくてもいいよ、撫公。無理に理解しようとしなくても——所詮、プロフェッショナルの領域だ。お前がシビアである必要はない。粉々になった僕をこの西表島に召喚した時点で、臥煙さんや貝木のお兄ちゃんが望んだ、お前の果たすべき役割は百点満点で終わっている——意識も戻ったし、毒も抜けたようだから、このままここで休んでいてくれて構わないよ。ここで孤独な詐欺師を悼んでいても」

「……斧乃木ちゃんは？」

落ち着けどころのない、悲しんでいいのかどうかもわからない、ふわふわした不安定な気持ちのまま、私は訊きました。

「斧乃木ちゃんは、どうするの？」

「僕の仕事はまだ終わっていない。ちっともね。ここまで来て、洗人迂路子と会わずに帰るわけにはいかないんだよ——個人的には、洗人が臥煙さんの実の娘であるという貝木のお兄ちゃんの言葉の真偽を確認しておきたい」

「……貝木さんの、敵討ち？」

「お前の好きな、お前の描いている漫画じゃないんだ。斧乃木余接はそんなエモーショナルな振る舞いはしないよ——プロとして、僕は僕の仕事をするだけだ」

プロとして……。

さっき、私がまさにこのうろで、思ったことでもあります。その言葉で、自分を奮い立たせました。もしも私が巨木のうろに導かれ、トラップにはまってハブに噛まれたのであれば、その体験談を——背筋の凍るその怪談を、伝承しないわけにはいかないと。

しかし、斧乃木ちゃんいわく、私は既に、その役割を果たしたとのこと。

ならばこのまま、安静にしていることが、更に徹底したプロとしての仕事なのかもしれません——いわゆる、『休むのも仕事』という奴です。アクティブレストです。

暗に斧乃木ちゃんもそうほのめかしているのでしょう。

無表情で棒読みで、感情がないように振る舞っていても、しかし死体という素材を使い、人を模した人形である以上、思いや想いと、無縁でいられるはずもない彼女が、貝木さんのことについて、何の思想も持っていないわけではないことだって、私にはわかります。

友達だから。

「……プロとして、私はやり遂げたんだね」

「そうだよ。向こう半年くらいの家賃と生活費は、臥煙さんが保証してくれるだろう。好きなだけ漫画を描けばいい。なんなら来る新時代に備えて、デジタル環境を整えればいい。大型の液タブとクリスタを買えばいい」

いいね、それ。

私は苦笑して……、まだ軋む、錆びついたトタン板みたいな上半身を、力尽くで起こしました。べきべきと音がした気もします。

「専門家としての仕事が終わったなら——ここから先は、漫画家としての仕事だ」

「…………」

怪訝そうに沈黙する斧乃木ちゃんに、

「今、このタイミングで西表島にいて、何の取材もしないなんて……、そんな好奇心のない奴は漫画家にはなれないでしょ」

と、私は言いました。

貝木さん。

きっと、私がこんな風に決意するところまで含めて、計画通りの詐欺なのでしょう——いいでしょう、わかりました。

もう一度だけ、騙されたと思って、信じてあげますよ。

最後に、もう一度だけ。

「無知だって、知ろうとする限りは、罪じゃないでしょ」

「吠えるじゃん」

イリオモテヤマネコみたいに。

斧乃木ちゃんは肩を竦めました——私の宣言に、特に反対を申し出ることも、止めることもなく、たくるりと、背中を向けました。

「ほら。特別に、おぶってあげるよ」

「……あ、ああ！　呆れて背中を向けられたのかと思ったよ」

「呆れてるのは、ずっと呆れている。だけど同時に、同列に感心もしているよ——臥煙さんはともかく、どうしてお姉ちゃんがお前を高く評価しているのか、わかった気がするよ」

高く評価されてるんですか、私。

あの暴力陰陽師に――やや心外ですが。

「褒められ慣れておけよ。将来、一億部売るつもりなら」

「一億部なんて恐れ多い……、私なんて、単巻百万部もいけば十分だよ」

「謙虚なようで、とんでもないことを言ってやがる。その分じゃ、称賛に押し潰される心配はなさそうだ。……これもプロとして、無粋ながら一応、念のために確認しておくけれど、本当に行くの？　今度こそ、お前こそ、死ぬかもしれないよ」

無人島ではなかったとは言え、サバイバルを二週間生き延びて、血清もなしでハブの毒も耐えきったのは、お前が選ばれし主人公だからじゃなくて、ただのたまたまなのかもしれないんだぜ――と、斧乃木ちゃん。

たまたま。

そうですね。

たまたま、運がよかっただけなのでしょう。

「そりゃ、漫画家になるには、運も大切だって言うけどさ。だからこそ、その運をこんなところで浪費せずに、将来のためにとっておくって考えかたもあるんだぜ」

「……私は、たぶん、運がすごくよかったり、すごく悪かったりする人間なんだと思うけれど、それを運で済ませていたら、永遠に成長できないと思うんだよ」

西表島に漂着したのは、洗人さんに誘われたのではなく、ただの悪運だったとしても――もし打ち上げられた時点ですべてを投げ出していたら、それに気付くことさえできませんでした。

「運じゃなくて、確率と捉えるべきなんだよ。夢を叶えられる確率が一パーセントしかなくっても、ずっとしつこく執拗に、呪われた蛇みたいに延々と繰り返していれば、いつか必ず、夢は叶う」

「優しい言葉に着地したものだ」

ガチャみたい、と斧乃木ちゃん。

青天井の？

「じゃあ、確率を少しでも上げるために、連れ立って取材旅行に出掛けようか。それすら叶わなくなる時代が、いつか来るかもしれないから」

「それも上巻参照？」

「ほら、早くおぶされよ。雑談して間を持たせてやってるんだから。それともだっこのほうがいいのかい？」

あんまり甘やかさないで欲しいですね。

そう思いながら、私は斧乃木ちゃんの小さな背中に、全身でしなだれかかります——死体人形だけあって、ひんやりとして、とても気持ちのいい背中でした。

「特別だよ。お姉ちゃんだって鬼のお兄ちゃんだって、おんぶしたことはないんだから」

そう言えば——いつもは胴体にしがみつかせるのに、背負ってくれるというのは、いったいどういう心境の変化なのでしょうね。

「まさかとは思うけれど、『例外のほうが多い規則（アンリミテッド・ルールブック）』で移動はしないよね？　落としにくいようにってことじゃないよね？」

「わざわざ死ぬ確率を上げることはないだろう——体調の悪いときは飛行機には乗らないほうがいい。僕が山道を難にするとでも思う？　このまま徒（かち）で向かうよ、洗人迂路子の本拠地まで」

それを聞いてほっとしつつ、

「巨木のうろじゃないにしても、どこか、島の中腹あたりの鍾乳洞とかに潜んでいるのかな？　洗人さんは」

と、私は早速、取材を開始します。

スマホを持っていたなら、ここからボイスメモを作動させたいところでした——秘境に潜む悪の巣窟（そうくつ）に挑む、気分は探検隊です。

「ほら、滝の裏側に隠された宝の洞窟とか——」

「鍾乳洞も洞窟も見てみたいけれど、観光はすべてが終わってからにしよう」

「観光はするつもりなんだ」

「お前がスクール水着や裸にブルマでアクティビティに興じると、鬼のお兄ちゃんを相手に、上巻で吹いてしまった」

なんて迂闊な発言を……。

吹くにしたって吹き過ぎでしょう。

「服だけにね。というわけで、エピローグまでになんとかお願い」

「すごく嫌なお願い……」

というわけでって。

ここにきて聞かされていなかった過重ノルマ。病欠すればよかった。それどころじゃないアクティビティをすっぽだかでさせていただきましたし、丁重にお断わりさせていただきましょう――それはともかく。

「じゃあ、洗人さんの隠れ家は鍾乳洞じゃないの？　だったら、この西表島のどこに潜んで――」

離島と言っても、沖縄本島の次に大きい西表島です。その島面積、実に二百八十九平方キロメートル。ひとりの人間――人間と言っていいのかどうかとは、私の立場からはとても言えませんね――に隠れられてしまっては、見つけ出すのは相当の難があると思いますが。だって、西表島の九割はジャングルなんですから。

九割……。

「そうだね。ここであてずっぽうに山狩りをおこなえば、二重遭難しかねない――だけど、安心して、撫公。山狩りをするわけでも、山登りをするわけでもないから」

「そうなの？」

「むしろ脱出する。山を下りて、人里に向かう」

人里？

西表島の――残る一割？

「洗人迂路子は、大原港のそばのリゾートホテルに泊まっているよ」

「なんだとこら？」

020

私がヌーディストビーチで干涸らびている間、敵の親玉はリゾートホテルで優雅に潤っていたのだと知ると、目の前が真っ暗になりましたが、しかし私も結果的に墜落したとは言え、ファーストクラスで沖縄までやってきた身分なので、とやかくは言えません。

でもとやかく言いたい。

まあ世間からその姿をひた隠すラスボスとて、わざわざ過酷な環境で暮らしたくはないでしょうから、アジトをどこに構えようと、そりゃあ勝手なのでしょうけれど……、八つ当たりしたくなる衝動は抑えきれません。

八岐大蛇(やまたのおろち)の八つ当たりですよ。

「八岐大蛇になってんじゃないよ。十万岐大蛇だろう、お前は」

「メドゥーサ時代の話はいいんだよ。ところで、斧乃木ちゃん。貝木さんのことは、私達が私達なりに受け止めるとして——世間的には、どう受け止められてるの？　国内における飛行機の墜落事故って、結構なおおごとでしょう？」

もちろん海外でもおおごとですが、搭乗者名簿が公開されれば、異様な貸し切りかたをされた事実も明るみに出るはずです。それを差し引いても、劇場型詐欺の実態を知らされていなかった私は、ちゃんと本名で搭乗してしまっているので、テレビやネットニュースに、『センゴク　ナデコ』のフルネームが躍ることになります。

「そうだね。お前の変な名前が」

「変な名前って言わないで」

「どうしよう、そんなの、耳聡い月火ちゃんが喜んじゃうよ……、『私の昔からの大親友が飛行機事故に遭っちゃったの！　私、可哀想でしょ！』って言いふらしちゃうよ」

「阿良々木月火のイメージが悪過ぎるだろ」

いや、リアルに言うんですよ、あの子は。

私にはわかります、昔からの大親友だから。

深いところで通じ合ってます。

「安心していいよ。そんな大親友と通じあっていて、一瞬でも何かに安心できればだけど……、軽くリサーチしてみたところ、飛行機事故については、あらかじめ織り込み済みだったらしい臥煙さんが隠蔽している」

「隠蔽できるの？　飛行機事故って」

以前、私（と、私の分身）が地元の町の本屋さんで大暴れしたときも、あのかたは跡形もなく騒動を隠蔽してくださいましたけれど……、世界中のレーダーから見張られている空の事情を、どうやって隠蔽するんですか。

「私が死んでも、隠蔽されそう……」

「ははは」

うわっ。

斧乃木ちゃんが笑った……、無表情で、声だけですけれど……、偽物語以来、初めて笑ったんじゃないですか？　意表を突いて、誤魔化そうとしていません……？

隠蔽を隠蔽しようとしていません？

実際、それは臥煙さんが、直系の後輩である貝木さんのことを、隠蔽したということでもありますし――上層部まで織り込み済みだったことには驚きまたが、果たしてどこまで織り込み済みだったんでしょうね。

なんでも知ってるおねーさん。

こうなってくると、どちらが悪の親玉なのだか、わからなくなってきます――正義とは何か、悪とは何か。

漫画で挑戦したいテーマですね。

「悪い奴ぶっ飛ばしてすかっとしろよ。漫画なんだから」

「漫画をなめないで。いい奴がぶっ飛ばされてもすかっとするのが漫画なんだから」

「なんにせよぶっ飛ばすのかよ」

それも昨今では、そうと限りませんがね。

過激な暴力描写も、いったいいつまで許されることやら——どう考えても漫画を擁護しなければならない漫画家志望者の立場でも、半世紀くらい前の漫画を読んだら、ちょっとどうかなと思うことがないとは言えませんし。

モラルや倫理観も時々刻々です。

「わざわざ過去の名作を槍玉に挙げなくとも、現代でもすごいの、いっぱいあるでしょ。お前が理想化している漫画とは別のジャンルの、エログロ不条理な名作が」

「あるね……、さほど別ジャンルとも思ってないよ。光もあれば闇もある、黒があれば白もある——自分が好きな漫画だけ本棚に並べても、メリハリがなくなっちゃうもんね」

「じゃあ、洗人迂路子はぶっ飛ばさない、でいいんだね？　話し合いで解決するということで」

「……んー」

ぶっ飛ばしたいわけじゃありませんけれど。

しかし、私が友達に呪われたのが、元をただせば貝木さんの商売のせいだと言うのであれば、更に辿れば、その呪いは洗人さんから放たれているという事情があります。

貝木さんの敵討ちをするつもりはないという斧乃木ちゃんのプロ意識に釈然としないものを感じるのであれば、洗人さんとわだかまりなく、和気藹々とお喋りするというのも、若干の不公平感が残りますね。

いくら私が会話に飢えているとは言え。

「その辺は流れかな。大丈夫、呪ったりしないから」

「流れで呪われたら洗人もたまらないだろうよ……、存外、呪いっていうのは、そういうものかもしれないけれど」

不毛な議論に飽きたのか、斧乃木ちゃんは「さっき、確率云々の話が出たから、ついでに言っておこうか」と、ぶった切って話を変えました。

脈絡がありませんね。

「可能性は低いから、黙っておいたほうがお前のためかと思ったけれど、やはり説明責任はあるだろうし、知る権利もあるだろう」

どちらも表現の自由と表裏一体だ。

そう言う斧乃木ちゃん――何を言おうとしているのでしょうか。

何を表現しようとしているのでしょうか。

「前に話したこと、覚えてる？」

「うふふ。斧乃木ちゃんから聞いたことは、全部覚えてるよ」

「僕を口説こうとするな。そうやって遠吠哭奈や阿良々木月火の懐に入り込んだのだとすれば、お前に同情の余地はないいな――ほら、臥煙さんが大学生時代、四人の後輩と僕という死体人形を作り上げたときのエピソードだよ」

「ああ……、いつだっけ、何か聞いたような、聞いてないような……」

「そういうところだぞ」

臥煙伊豆湖。忍野メメ。貝木泥舟。影縫余弦。あとひとりは――手折正弦、でしたっけ。

そうそう、今際の際に思い出しましたね。

「今となっては、どこまで本気だったかはわからない自由研究だけれど、結果として僕という死体人形が生まれ、五人の大学生は呪われた――呪われた大学生のほとんどは、中退の理由も、中退することになったとなの？」

「え……、中退の理由も、斧乃木ちゃんを作ったことなの？」

「強烈な呪いだったから。それを背負ったまま、学業の道を歩むのはほぼ不可能だった。臥煙さんならできたかもしれないけれど、リーダーとして、責任を取った形だね――地面を歩けない呪いを背負ったまま、博士号まで取ったお姉ちゃんのほうがおかしい」

不登校児の私が言うのもなんですけれど、確かに、それは影縫さんが異常ですね……、博士号取ってるんですか、影縫さん。人は見た目でも性格でも振る舞いでもありませんね。

「どっちなんだろう……、あんな人でも大学に通ったんだから、私も頑張らなきゃって思えばいいのか、大学を卒業してもあんな感じなら、無理をしてまで行く意味ないやって思えばいいのか」

「大学を中退したら、忍野のお兄ちゃんや貝木のお兄ちゃんみたいになる」

「それは絶対にごめんだよ」

「そんなふたりから特に強い影響を受けたのは、学業の道をやはり断念した、羽川翼だったりする」

「悪影響だ」

で、これは何の復習ですか？

わたしが普段から、斧乃木ちゃんとのお喋りを聞き流していないかどうかのチェックですか？　哭奈ちゃんや月火ちゃんがよくする奴。

「あのふたりはお友達に、わざと同じ話を何回もして、忠誠心を試すんだよ」

「本当にお友達だった？　じゃなくって……、まあ、かつての大学生達が一身に背負った呪いは、もうすっかり定着していて、みんなうまく、ほどほどに付き合っていく方法を見つけたって感じだ――中には、地獄に堕ちることで呪いを強制的に解除した奴もいる」

中にはって。

消去法で、手折正弦さん以外いませんけど。

「いわば持病って感じで、もう誰も気にしていない。だから、その件をここで持ち出したのは、あくまで参考事例としてだ――千石撫子」

「ん……、あ、はい」

搭乗者リストでもないのに、フルネームで呼ばれると緊張しますね。斧乃木ちゃんからは滅多に呼ばれないので、尚更です。撫公扱いに慣れるほうがどうかですが。

「今回、聞いてみればどうやら意識的ではなかったとは言え、お前は海の藻屑となった僕を、再構成した——言うならば、『死んだ死体を甦らせた』。もしかするとこの行為は、ルールに抵触しているかもしれない」

「ル——ルール？」

「理に反する、と言うことだ。つまり」

お前は呪われたかもしれない。

何かに。

「僕の復活を、果たして人形の修理程度に捉えるのか、それとも新生と捉えるのかは、神のみぞ知る——たぶん、修理にあたると判断して、臥煙さんや貝木のお兄ちゃんはお前をプランの軸に据えたんだろうけれど、なにせ一回失敗している五人のうちのふたりだからね」

それを言ったら、私なんて、一回どころじゃなく失敗していますよ——なんとなく、北白蛇神社でバラバラ死体になった斧乃木ちゃんを、パズルのように組み合わせた行為の延長線上と理解していましたけれど、しかしそう言われると、私のやったことは、五人のオカルト大学生のほうと同列であるかもしれません。

そもそも、海の藻屑となった斧乃木ちゃんと、私が『絵』で再現した斧乃木ちゃんが、同一人物——同一人形と見なせるのかどうかという、哲学的ゾンビ問題があります。

マジのゾンビか、哲学的ゾンビか。

私が星の砂を触媒として、一から死体人形を作ったと判断されたら——私が呪われないはずがありません。

呪われし少女です。

「じゃ、じゃあ私も、影縫さんみたいに、地面を歩けなくなるの？」

だから今、こうして背負ってもらっているんですか？　最終的には斧乃木ちゃんに、指一本で支えられたりするんですか？　あれは影縫さんの身体能力ありきという気もするとは言え。

「それとも、臥煙さんみたいに、あらゆる知識を強制的に脳内へと詰め込まれるとか――貝木さんみたいに嘘しかつけなくなるとか――忍野さんみたいに住処を失うとか？」

「五人は五人揃って禁忌を犯したから、かけられる呪いも五等分に分散されたけれど、お前はひとりで成し遂げたからね。そのすべてということもありうる」

ぶっ飛びですね。

どうして私がそんな目に……、専門家の五人がそれぞれに抱えた呪いを、私ひとりが抱えきれるわけがないじゃないですか。

荷が勝ち過ぎの大敗北ですよ。

「玄人裸足だね。あるいは、まったく別の呪いかもしれない。もう二度と絵が描けなくなるというような」

「もっとも怖い可能性を提示してくる……」

「もしくは、描くことはできるけれど、漫画がぜんぜん面白くない」

「そういうことがあったときに、呪いのせいにしちゃう奴になっちゃう」

ギャグみたいに言ってますけれど、マジでホラーですね……、今の段階ではあくまで、用心深いデメリット表示でしかないのでしょうが、心に留めておいたほうがよさそうな忠告です。

帰ったら、臥煙さんに精査してもらったほうがいいかもしれません――いえ、臥煙さんがそこまで織り込み済みで私を西表島に派遣したとするなら、臥煙派ではないセカンドオピニオンを求めるべきでしょうか。

理に反する――命を好き勝手にするというのは、それほど罪の重いことと見えます。不死身の怪異を専門とする影縫さんの、ルーツがそのあたりにあるんでしょうね。

　唯一、自分の道を曲げることなく大学を卒業した影縫さんの……。

「……そもそも、なんで五人は斧乃木ちゃんを作ったんだろう？」

「それは、お前になんで漫画を描くのかを問うのと同じだろうね」

「つまり？」

「面白半分」

　失礼な……、と言いたいところですが、極論で言えば、『面白いから』以外の、残り半分の理由を探すほうが難しそうですね。飢え死にしそうになっても、なおひたすら、絵を描きたいと願った私なんて者は——裏返せば、あれと同じ熱意と同じ熱量で、五人の大学生は斧乃木ちゃんを製作したことになります。

　まだ何者でもなかった頃の専門家達。

「そうだね。ひょっとしたらあの五人も、面白半分の残り半分を、今もまだ模索中なのかもしれないね。ただ、機内で貝木のお兄ちゃんから仕入れた新情報を参考にすれば、首謀者である臥煙さんの動機の一端は、見えてこなくもない——僕は娘の代わりだったんじゃないだろうか」

「……………」

「現在、お前に娘を投影しているように、かつて僕にも、あの頭領は娘を投影していた節がある。若気の至りとでも言うのかな——だとすればそれは、お姉ちゃんがかつて僕に、不死身の怪異の牙によって喰い殺された実の妹を投影していたように、失敗プロジェクトでしかない」

　ぽんぽん裏設定をバラしますね。

　これが最後だからですか？

　実の妹——実の娘。

「偽の妹で、偽の娘だけどね。僕が偽物語から登場した理由がそこにある」

「さすがにそれは後付けでしょ？」

「お姉ちゃんが昔、僕に実の妹を投影していたのは本当だけれど、まあ臥煙さんの思惑については適当だよ。節があるというのも節穴だ。うろかもね。それよりも案外、今日、この日のための準備だったと考えたほうが適当だよ」

斧乃木ちゃんがそう言ったあたりで、私達はようやく、ジャングルの険しい部分を抜けました——まだもう少し先ですけれど、ようやくのこと、舗装道路が目視できました。

道路。クルマ。町……。

二週間ぶりに見る人工物……。

いえ、斧乃木ちゃんを人工物とするなら、もうとっくに目にしていたわけですし、私が作り出した制服も、また人工物です。それでもこの風景には感慨無量です。星空ならわかりますけれど、いやはや、人家を見て感動するなんて……。

「捨てた実の娘をいつか打倒するために、忠実な後輩達と共に偽の娘を製作して、着々と、将来訪れるであろう親子対決の準備を進めていた——そしておとという絶好の法廷画家が揃ったところで、面会を決意した」

なるほど、臥煙さんらしいです。

母親らしくはありませんが。

021

洗人迂路子さんが本拠地とするリゾートホテルは、思ったよりもリゾートホテルでした。私の想像力、または覚悟をひらりと越えてきます。しかも大都会のような高層ビルディングではなく、宿泊客がそれぞれ、コテージのようなボートハウスで過ごせる、一種の高級住宅街です——海水浴からバーベキューまで、スキューバから水牛乗りまで、なんならフライボードだって、すべてホテルの敷地内でまかなえる、そう言ってよければ一大アミューズメントパークでした。

「わ、私が島の裏側で砂に埋まって寝ている間に、表側ではこんな優雅なリゾートが……」

ハブの毒に苦しんだときよりも、がくがく身体の震えが止まりませんよ。なんだったんですか、わずかな種火を起こすために繰り返した、あのピッチング練習は……、野球場みたいな施設だって、ここにはあるじゃないですか。

投げ放題ですよ。

「そうルサンチマンを蜷局のように渦巻かせるものじゃないよ、将来は大金を稼いで、将来の百万部作家が。どうせお前だって、将来は大金を稼いで、描いてる漫画に説得力がなくなるんだから」

「私が売れたあとを見越して貶してくる……」

「逆に説得力が生まれる場合もあるか。大金を稼いだからこそ、世の中は金じゃないという言葉に、実感がこもる」

「その言葉に実感をこめるために、大金を稼がないよ」

お金を何より大事だ、大好きだと嘯いた、貝木さんの意見も、是非とも聞いてみたいところですが、このホテルに辿り着いたのは、私と斧乃木ちゃんのふたりだけです。

サバイバルを生き抜いたふたりです。

「さ、さっさと行くよ。余裕を持って出たつもりだったけれど、アポイントメントの時間に遅れちゃいそうだ」

「アポを取ってるの？　ラスボスとの対決に際して？」

「うん。近くに行ったら連絡するって」

だから墜とされたんじゃないですか、あの飛行機？

どうも斧乃木ちゃんは、山中で携帯の電波が入るようになったところで、何やら手持ちの子供ケータイで一報を入れていたようですが……、そういうことだったんですね。

専門家の紳士協定があるんですかね。

それとも、儀式でしょうか。

かつて私は、そんな儀式をスクール水着でおこなったものです……。

「このホテル、スパもあるよね？　面会の前に、お風呂に入ってきちゃ駄目かな？」

「おやおや。しずかちゃんみたいなことを言い出すね」

「マナー以前の問題だよ。砂風呂とか水浴びとかはしたけれど、如何せん、二週間の擬似無人島生活で染みついた体臭は、ホテルへの入館をお断りされるレベルだよ」

「大衆のかたはお断りしています、って言われちゃう？」

そんなお高いホテルなんですか？

二重の意味で。

ちなみに、小魚ばかり食べていた私は空腹にも、毒と同じくらい苦しんでいましたが、山越えの道中、斧乃木ちゃんが行動食として、サーターアンダギーを食べさせてくれました。

ありがたかったですが、私を助ける前に、絶対どっかに寄ってきてるでしょ。

「洗人に借りろよ、シャワーを」

「ラスボスにシャワーを借りる奴なんている？」

「いい部屋ならジャグジーつきの快適な風呂もあるだろう。スイートルームは小島がついているらしいから」

「小島って」

スパどころじゃありませんね。

スーパーです。

「お前の大好きな無人島だよ。プライベートビーチは芸能人御用達だね。蛇遣い御用達(ごようたし)でもある」

「こんなビーチリゾートを根城にしておきながら、ほの暗い陰湿な呪いをあちこちに乱発しているだなんて、それこそ説得力がないよ……」

巨木のうろに住んでいろとは言いませんが。

ギャップ萌えならぬギャップ萎えですよ。

「お嬢様め。仕方ない、ここはうちな一時間で行こう。スパとは言わないまでも、フロントにお願いすれば、宿泊客じゃなくとも、飛び込みでプール用のシャワーくらいは貸してもらえるだろう――今年度までは」

　都度都度匂わせますね、上巻を。

　実際、星マイナス三つのホテルでも門前払いを受けてもおかしくなかった私のフレグランスでしたが(香水にして販売しましょうか)、しかし中学生の制服が功をなしたのか、それとも一流ホテルのスタンダードなおもてなしか、笑顔で快くシャワールームを貸してくださいました。

　その間、斧乃木ちゃんはギフトショップで着替えを買ってきてくれました――私としては『蛇足のスキル』で二着目を作り出すこともできたのですが、地元経済に貢献したいという気持ちがあったようです。

うん、サバイバルで環境へ負荷をかけて終わりじゃあ、確かにまずいですよね――無人島だと思ったから魚を捕ったり石を割ったり焚き火をしたり、生き残るためにあれこれ生死をかけて手を凝らしましたが、観光客が記念撮影のために自然を破壊したと見做されれば、言葉もありません。

　死にかけの女子中学生があちこちで石を割ったことは、さすがにそこまで責められはしないでしょうけれど、しかし、それにつけても何につけても、珊瑚礁を傷つけなくてよかった……。

　斧乃木ちゃんが買ってきてくれたのは、かりゆしウェアでした。

　ここに来て、機内における打ち合わせが実行されたわけです――貝木さんのかりゆしも、見てみたかったものですね。ラスボスとの面会にあたって、戦闘服なら制服のほうが強いでしょうが、話し合いの線も残すのであれば融和的に、郷に入っては郷に従うドレスチェンジも、まあ、すっぽだかよりはいいでしょう。

斧乃木ちゃんもかりゆしに着替えました。

現実、あのふわふわのドロワーズスカートで、よく山越えをしたものですよ。

シャワーとお着替えという、今更なんのサービスにもならないサービスシーンを挟んで、そして私達はいよいよ、洗人迂路子の本拠地へと乗り込みました――リゾートホテルのスイートルーム、島付きボートハウスへ。

果たして。

「やあやあ、随分と気を持たせてくれるじゃないか、撫子ちゃん――私は首を長くして待っていたよ。蛇だから、全身が首みたいなものだけれどね――あはは」

と。

洗人迂路子は、私達を迎えました――あー、なるほど。

なるほど、なるほど。

こうきましたか。

これは隠されていても無意味だったな、と、私は心底、腑に落ちました。

むしろ、あらかじめ伏線を張っておいてもらえなかったら、さぞかしパニックになっていたことでしょう……、貝木さんの悪質な嘘だという線を私は頑固にも捨てていませんでしたが、むしろその線を高く見積もっていたくらいでしたが、そうじゃありませんでした。

その振りがなければ、臥煙さんそのものと言っていい目の前の女性を、どう捉えていいか、とても決められなかったでしょう。

恐ろしくそっくりでした。

そっくりそのままでした。

ドッペルゲンガーなんじゃと思うくらい――とは言え、たとえば私が産んだ複数人の分身、おと撫子や逆撫子や神撫子のような、そういう相似とはちょっと違って、まさしく親子の相似と言いますか、人違いをすることはありません。

入れ替わりトリックや一人二役の疑いはありません。

さながら授業参観のような居心地の悪さを、ラグジュアリーで開放的な南国空間で、私は感じました——友達の家に遊びに行って、相手の家族に挨拶するときのような居心地の悪さ。

まんまこれは、月火ちゃんの家に遊びに行ったときの経験談ですが——月火ちゃんの家に遊びに行って、月火ちゃんのお母さんや、お姉さんや——お兄さんに会ったときのような。

気まずさ。

もしも臥煙伊豆湖さんが十五歳だったら、まさしくこういう感じだっただろうなあと思わされるキャラクターデザイン——ぐっと息を呑まずにはいられません。

しかし、友達の家族とてそうであるよう、圧倒的な差異も否めませんでした。

まずは先述の通り、年齢感が違います。

いくら臥煙さんがお若いとは言っても、やはりこうしてみると、あの人はちゃんと大人なんだと思わされます——目の前の、籐編み椅子に深く腰掛ける洗人さんは、確実に私と同世代の、十五歳の女の子でした。

しかも、その四肢が。

いかにもリゾートホテルと言った風の薄手のナイトガウンから伸びた四肢が——びっしりと鱗に覆われていました。

蛇のように。

蛇で言うところの蛇足が、鱗に。

洗人——迂路子。

「そしてそちらが、私のママが作った人形かい。可愛いね」

洗人さんは、にやにやしながら、私と並ぶ——否、無表情ながらも気持ち、一歩前に出て既に臨戦態勢にある、かりゆしの斧乃木ちゃんに、そう言いました。

臥煙さんが斧乃木ちゃんに対して、そう言うときのような口調でした。

「ところでママがどうしてきみを作ったかって、考えたことはあるかな？」

「奇遇だね、ついさっき考えたところだよ」

斧乃木ちゃんも、平然と棒読みで答えます――臥煙さんからそんな質問を受けたら、そう返すときのように。

「僕は今日、この日、お前を始末するための刺客として準備された人形爆弾だよ」

娘の代用品という説には、斧乃木ちゃんは触れませんでした――洗人さんは、「それはとても穿った見方だよ。きみは反抗期かな？」と、にやにや笑いました。

余裕を見せているというより、元よりそういう顔の形であるように。

「ママが可愛い娘に可愛らしい人形をプレゼントするなんて、どこの地方でも、至極よくある文化だろうに」

「…………」

斧乃木ちゃんは黙りました。

その発想は、私にもなかったです――私も過保護だった頃のご両親から、色んなぬいぐるみをプレゼントされたものなのに。

私自身がご両親の、ぬいぐるみみたいなものだったから。

「ま、全知の呪いを一身に受けるために、わざとタブーを犯したという可能性も、陰湿な蛇としては考えずにはいられないがね――罰を受けることこそが目的で罪を犯したって可能性さ。だとするとそれは不可能犯罪ではなく、完全犯罪として達成されている。さて、撫子ちゃん。撫子ちゃん、と呼んでいいのかな？」

「……どうぞ、お好きなように」

馴れ馴れしい感じは、あんまり心地よくはありませんけれど、かと言って、ここで断る口実もありません——ぐいぐい来る人には弱いのです。臥煙さんしかり、哭奈ちゃんしかり、月火ちゃんしかり——と言うか、私の周囲には、今、そういう人しかいません。

　逃げられる相手からは逃げ続けた結果、周囲に強敵しかいなくなったという恐ろしいシチュエーションです。

「余接ちゃんと違って、きみのことを可愛いと言うのは、社交辞令でもやめておこうか。いや、ふたり共、この私の前にそうして立っている時点で、本当に、社交でも辞令でもなく可愛いと思っているけれど……、そう言われるのは嫌いそうだ。それに、今のきみは可愛い以上に、たくましい」

　私の用意したアトラクションは楽しんでもらえたようだね——と、洗人さんは言います。

「そりゃ、どんなひきこもりだって、二週間サバイバル下に置かれたら、腕白でたくましくなるよ……、やっぱり、私の遭難は——私の受難は、あなたの仕業だったの？」

「折角がんじがらめの縁があって出会えたのに、あなたなんて、他人行儀に呼ばないでくれ。迂路子ちゃんでいいよ」

　とぼけるようにウインクする洗人さん。

　陰湿な蛇とは思えないほど、気さくですね。

　しかも見るからに同世代とあって、そうなると、立ち居振る舞いが、未だ定めきれません——同世代の女の子は苦手です。ただでさえ、元より社交的な性格ではないのに。こんな初対面に場慣れしているはずがありませんよ。

　それに、どうしても洗人さんの手足に目が行ってしまい、会話に注目できません——鱗がびっしりの手足に。

　私が蛇に呪われたときは、鱗の痕跡が身体中に刻まれたものですが——迂路子さんの場合、痕跡などではなく、明らかに、素肌から鱗が『生えて』います。

「ああ、これかい？　気にしないで。これはこれで、人を呪わば穴ふたつの結果だよ。十五年間、見知らぬ他人を呪い続けたしっぺ返しだ」

ならば、かつての私よりも、入院中の哭奈ちゃんが、全身穴だらけになっていたのと、並べて語るのが正しそうです——そもそも、哭奈ちゃんの大元が、この洗人さんなのです。

呪いの源泉。

おまじないの滝壺。

「それよりも、おめでとう。これで撫子ちゃんの修業はコンプリートだ。私のところに辿り着くなんて、きみはもう立派な専門家だ」

「……まさか、あの勘違いなサバイバルが、修業の最終試験だったとでも言う気？」

イラッとしたのが、語気に出てしまったかもしれません——逆撫子の人格が表に出てでもいない限り、私は私をそんなに怒りっぽいほうじゃないと思っているのですが、しかしさすがに抑えきれませんでした。

からかっているのだとすればあまりに悪質ですし、それが本当だったなら、もっと悪質だからです。

詐欺の被害に遭うほうがまだマシです。

一生、寝床は砂布団でいいから、臥煙さんに紹介してもらったアパートから出て行きたい衝動にすら駆られました——いや、一生砂布団はありませんかね、さすがに。

でも——あれが修業？

「そういきり立つな。私とママが、裏で結託して、撫子ちゃんの飛躍的な成長に一役買ったと言っているわけじゃや、断じてない——打ち合わせなど、するまでもないんだから」

「…………？」

「そうだね、裏と言うなら、確かに裏はあった。撫子ちゃんにとってこの西表島サバイバルが修業だったならば、ママにとっては修業ならぬ業だったという裏が」

業？

私は斧乃木ちゃんのほうを、窺うように見ました――貝木さんが飛行機を借り切っていたことを知っていたよう、今、洗人さんが語っていることについても、この死体人形はなんらかの知見を持っているのではないかと考え、目で訊いたのです。

もちろん返ってくるのは無表情です。

しかし、そんな無表情でも、斧乃木ちゃんは雄弁に『知らんがな』と語っていました――信用しましょう。

「……どういうことか、教えてくれるの？　洗人さん――」

「迂路子ちゃんと呼んでくれたらね」

と、ラスボスは言います。

かつて私も裏でラスボスと呼ばれましたが、やはり本物のラスボスは、風格が違いました――しかし、洗人さんを迂路子ちゃんと呼ぶ程度のことはたやすいですが、そのたやすさこそがこの場合、とても受け入れがたいですね。

たやすく手に入る成果など、たやすい成果でしかないということを、私はこのサバイバルで――洗人さんが言うところの修業で、学ばせていただきました。努力をして、それでも及ばないものこそが、成果であり、正解なのです。

ほんのわずかな火種を得るだけでも、肩がぶっ壊れるレベルの労苦が必要だというのに、臥煙さんの親子関係に踏み入ることが、たやすくていいはずがありません。

私みたいな若輩が詐欺師の奢りでファーストクラスに乗ったら、その飛行機は墜落するのです――忍野さん風に言うならば、相応しい対価という奴でしょうか。

怪異には。

それに相応しい理由がある。

しかしながら、だからと言って、私には等価交換のために差し出せる情報はありません。情報も、金銭も、才覚も、何もありません——いえ、ありますね。

ありましたね——私にしかない、蛇の足が。

私なりの自給自足が。

「……ああ、そっか。そうだったんだ」

そのとき、私は唐突に察しました。

私がこの西表島に来た理由が——貝木さんは、どうして洗人迂路子がこの島に拠点を構えているのか、それを探るために、臥煙さんは私達三人を派遣したのだと言っていましたたし、私も、その推測を正しいと思いました。

少なくとも、詐欺師と見習いと謹慎中というアウトローなチームに、敵の首領を打倒するところまでは望むまいという論拠には、すとんと納得させられるものがありました。

だけど——そうじゃないのかもしれない。

貝木さんや、斧乃木ちゃんにしかできないことがあったように——私にしかできないことがあったからじゃないでしょうか。この千石撫子にしかできないことが。

だとしたら。

「……わかったよ、迂路子ちゃん」

私は言いました。

こうなってしまえば洗人さんを迂路子ちゃんと呼ぶことくらい、なんでもありませんでした——ちゃん付けくらい、生活必需品にかかる消費税のようなものです。

「その代わり、迂路子ちゃんに用意して欲しいものがあるんだけど、いいかな」

「いいとも。友達の頼みはなんでも聞くのがママから受け継いだ私のスタンスだ。何を用意すればいいのかな——呪いのお札かな？」

「紙とペン」

きっぱりと、私は答えました――無人島に何かひとつだけ持っていくなら、迷わずそれを持っていくワンセットを。

砂浜に棒でも、岩に水でもいいんですけれど、やはりそれが一番しっくり来ます――原稿用紙にカブラペンならば、言うことはありません。

「？　確かにちょっと長い話になるけれど、メモを取るほどの内容じゃないよ？」

迂路子ちゃんは、奇々怪々そうに首を傾げました――否、もたげました。

言うまでもなく、蛇のように。

022

「ママの話をするのならば、まず伯母さんの話をしなければならないのが、愛娘としては辛いところだよ。

「知っているね？

「臥煙遠江。

「臥煙伊豆湖の姉であり、神原駿河の母であり、貝木泥舟の家庭教師でもある――そんなプロフィールだけを聞いても只者ではあるまいが、しかし話半分どころか、話以上の大人物だ。

「大人とは言えないが、まあ人物だ。

「故人であることがつくづく惜しい。

「もっとも、どんな偉人も、病と交通事故には勝てないという厳然たる教訓を教えてくれたと、貝木泥舟なら言うのかもしれないね――イリオモテヤマネコさえ保護できないロードキル。飛行機事故に遭った直後の撫子ちゃんもまた、痛感するところではあるだろう。

「いやいや、雑談じゃなくて。

「冗談にならない怪談なのさ。

「実際、切っても切り離せないんだ、ママと伯母さんの姉妹関係は――ママにとっては忸怩たる思いだろうけれど、優秀でストイックでぶっ壊れでチートな姉がいるというのは、妹にとってはコンプレックスにしかならない。

「臥煙伊豆湖とて例外ではない。

「阿良々木暦を兄に持つファイヤーシスターズを間近で見てきた一人っ子の撫子ちゃんには、どうたとえたらわかりやすいのかな――撫子ちゃんから見れば、ママは大人になり切れない、奔放で子供っぽい、どこか憎めない人間だと観察できるだろうけれど、ああいった振る舞いは、ナチュラルに死んだ姉を反面教師にしているところもある。

「必然、私もその性格を受け継いでいる――受け継がざるを得なかった事情というものがあって、それをこれから説明するのさ。私にママが反映されたその事情を。

「私はママと違って『なんでも知ってるおねーさん』ではないけれど、その代償として、『なんでも知ってる娘さん』なんだよ。

「『ママのことなら』。

『なんでも知ってる娘さん』だ。

「撫子ちゃんの前で、あまり阿良々木暦の名前を出すのは適切でないことは承知しているが、段取りというものがあるので、そこはまあ我慢してくれ――もうそんなに気にならない、かい？

「成長したね。修業の成果かな。

「それとも――それ以前に、とっくに。

「四人の分身と向き合った経験が、撫子ちゃんの身になっているのかな――羨ましいよ、ママに向き合ってもらえない一人娘としては。

「育てられていて、羨ましい。

「さておき。

「阿良々木暦と忍野扇の関係、あるいは、神原駿河と忍野扇の関係については、撫子ちゃんはどの程度、深掘りして聞いているのかな？

「女子高生としての忍野扇が阿良々木暦の裏側であ

って、男子高生としての忍野扇が神原駿河の裏側であることから説明しなければならないとすれば、このコテージに一泊してもらわねばならないけれど――いっそそこら辺はドラスティックに端折ってもいいか。

「上巻参照ならぬ、既刊参照ということで。

「マーベル・シネマティック・ユニバースをすべて見返すくらいの熱意が必要になるけれど。

「重要なのは、そんな忍野扇のありかたでさえ、臥煙遠江の存在が強く影響しているということだ――お友達からかけられた蛇の呪いを解くときに、神原駿河の左手が猿のそれだったことは、本人から教えてもらっただろう。

「そういう事情をさらっと初対面の子に喋れちゃうところが、神原駿河の臥煙遠江の娘たる所以なのだが、それは置いておいて。

「その猿の左手――左手の木乃伊が、臥煙遠江に由来することまでは聞いたかな？　その左手が、母親の形見であるというドメスティックなプライバシーまでは。

「厳密には、猿の左手ではなく、悪魔の左手だ。

「レイニー・デヴィル。

「泣き虫の悪魔。

「そして更に厳密には、このレイニー・『どんな願いでも、その裏側を読んで叶えてくれる』・デヴィルは、高校生の頃の臥煙遠江、女子高生時代の伯母さんが産んだ怪異だったのだ。

「若き日の伯母さんの、欲望の権化だ。

「完全無欠な伯母さんの裏の顔――四人の分身を持つ撫子ちゃんにとっては、お馴染みのテーマでもあるだろう。いわゆる『いつもの奴』だよ。『いつもの奴』の元祖とも言える。言うなら自画像であり、肖像画であり、抽象画だ――いや、自身に対する中傷画と言うべきかな。よりにもよって、自分の中にレイニー・デヴィルを見出すとは、伯母さんもどうかしている。

「結局のところ、伯母さんはその怪異を退治した──即決即断。ストイックにも程がある……、自分に厳し過ぎるよね、伯母さんは。そして、無人島生活を送ったがごとく干涸らびた己の分身の一部を、その後、娘に残したのも異常な行為だ。

「へその緒じゃあるまいし。

「どういうつもりで、伯母さんが──言うなら私の従姉妹である神原駿河に、悪魔の左手を残したのかは今となっては謎でしかないが、詰まるところそんな左手の存在が、死屍累生死郎を通じて阿良々木暦に渡り、遂には忍野扇を産んだ。

「阿良々木暦の裏側としての忍野扇。

「彼は、伯母さんと違って、己の負い目の象徴である忍野扇を退治しなかった──そんな忍野扇を返品された神原駿河が今後どうするのかは、実に興味深い。

「きっと彼女も、高校を卒業するまでに、答を出すだろう──沼地蠟花の件や木乃伊の他の部位の蒐集、女子バスケットボール部の騒動もあって、阿良々木暦に負けず劣らず、なかなかに波瀾万丈な高校三年次だったようだしね。

「まあそんな概況はいいんだ。

「そちらの物語の流れからリタイアした撫子ちゃんにはあまり関係がない。撫子ちゃんが蛇神に祭り上げられたのは自業自得であって、忍野扇のせいとは言いにくいからね。

「ただ、そんな風に、次世代の物語に関して大きな遠因となった伯母さんの裏側としてのレイニー・デヴィルが、実の妹である臥煙伊豆湖に、何の影響も与えないなんてことがあると思うかい？

「実の姉が、己の分身を──否、己自身を産んだのを目の当たりにして、何も感じずにいるには、当時のママは、まだ分別のつかない、多感なお年頃だった。

「切り離せなかった。

「ママも昔から『おねーさん』だったわけじゃない

——そして生まれたときから妹だった。

「もうわかったかな。それとも、わかりたくないかな。

「つまりこの私は、臥煙遠江にとってのレイニー・デヴィルであり、阿良々木暦や神原駿河にとっての忍野扇であり、撫子ちゃんにとってのおと撫子や逆撫子や媚び撫子や神撫子であり、表にとっての裏であり、裏にとっての表なんだよ。

「ラグジュアリーなリゾートに対する、ハードなサバイバル。

「姉に対する妹であり、妹に対する、姉と言っても間違いじゃないけれどね——しかし、残念ながら、私はママの妹にはなれなかった。

「理想的には、そうあるべきだったのだろう。

「忍野扇が阿良々木暦の負い目であるのなら、洗人迂路子は、臥煙伊豆湖の若き日の、姉に対する劣等感の象徴なのだから。

「しかし、ママの妹になれば、それはイコールで、伯母さんの妹ということにもなってしまうからね
——だからママは、私の姉ではなく、私の母になった。

「私はママの、許されざる娘になった。

「十代だったママの、許されざる娘。

「言うまでもなく、私が生まれる数年前に、伯母さんが実際の出産を経験していることも、影響を与えているだろう——もしかするとレイニー・デヴィルよりも、そちらの影響のほうが、あるいは強いかもしれない。

「姉が神原駿河を産み、母親となったことが、私の誕生に無関係であるはずがない。

「姉が母親となったよう。

「自分も母親にならなければと思ったのかもね。

「憧れの姉。お手本。

「文字通りの家庭教師。

「なんでも姉の真似をしようとしていた頃の妹の、想像妊娠ならぬ空想の産物と言えば言い過ぎかもしれないな。

れないが、すべては姉の真似をするより姉の逆の道を行くほうが己の正道であると、ママが気付く以前の出来事だ。

「偉大なる姉は家庭教師ではなく反面教師だと悟る前の。

「ママと違って、同じ立場になったとき、己自身ではなく娘を産んでしまったところが、既に日和っているとも言えるしね——劣等感を越えて、こうなると、呪いだよ。

「己自身ならば、あるいは偉大なる姉を模倣し、ストイックに退治することもできたかもしれないけれど、娘となると、そう簡単にはいかなかった——愛憎渦巻き、このように、なんと十五年も尾を引くことになった。

「蛇のごとく。

「正直に言えば、認知されていない娘として、今更ママが、私と決着をつけようとしてくれたことに驚いている。

「マジで？　って感じだよ。

「このままのらりくらり、適度な距離を保って一生、やり過ごすつもりなんだと思っていた——それが専門家としてのバランスだとも、自己評価していただろう。

「忍野メメがバランサーとして、その立ち位置を神経質なまでに気にしていたように、ママの秀でた器量が不均衡な不公平にならないよう、私は呪わねばならなかった。

「友情を、恋愛を、学業を、同僚を、スポーツを、趣味を、経済活動を、衣食住を、報道を、時の流れを、開発を、自然保護を、噂話を、都市伝説を、人付き合いを。

「妖怪変化を、魑魅魍魎（ちみもうりょう）を、百鬼夜行を。

「呪わねばならなかった。

「ママが人助けをするのであれば、私はその逆を行かなければならなかった——ママが伯母さんの逆を行くように。

「そうすることでバランスを取った。

「否――バラスト水だ、私は。

「薬になれなきゃ毒になれ。でなきゃあんたはただの水だ。

「伯母さんの口癖ではあるがね。

「しかし水の貴重さは、撫子ちゃんもこの二週間で思い知ったろう。

「ママが専門家の頭領であるためには、私は蛇の首領である必要があったのさ――私はとても親不孝で、そして親孝行な娘なんだよ。私がいる限り、ママは沈まない。

「不沈空母だ。

「だからこそ、磁石が反発するように、この常に反抗期である娘に対し、ママは近付こうとはしなかった――現実的にも、やりやすくはあっただろうからね。

「私という、手の内がわかる相手が、悪の首領だという状況は……、全知のママにしてみれば、知っている一人娘が敵であるほうがやりやすかったんだろう。

「嘘八百の八百長で、出来過ぎの出来レースだ、私に言わせれば――その後ろめたさこそが、斧乃木ちゃん、きみというテディ・ベアを産んだのかもしれないね。

「さっき言ったのは、取り立てて冗談ではないんだよ。私とつかず離れず、ニアミスせずに距離をとり続けるためには、ママは『なんでも知ってるおねーさん』になるしかなかった――『なんでも知ってるおかーさん』にはなれなかった、とも言えるが、禁断の呪術に手を出すしかなかった。

「そうやって十五年間、ママは私の育児を放棄した――それでよかったんだ。己のコンプレックスに向き合わねばならないなんて考えかたは、やはり傲慢だよ。

「コンプレックスの相手が故人となれば尚更だ――ママが専門家の頭領になるためには、切り捨てなければならない劣等感もあったってことさ。

「にもかかわらず、この対決。

「心境の変化があったんだろうね。

「おそらく、阿良々木暦が忍野扇を退治しなかったことが、トリガーになっている——ママにとって、あの終焉は一種の代理戦争だった。自分が私と決着を付けられなかったからこそ、ママは阿良々木暦に肩入れしたのだろう——が、そのあては完全に外れた。

「決着をつけないどころか、阿良々木暦は、忍野扇を救助するルートを選択した。

「これはママの価値観ではありえない選択だった。どうせ平静を装ってはいただろうが、かなりのカルチャーショックを受けたはずだ。新しい世代の考えかたに。

「新世代の倫理観に。

「さすがに見習おうとまでは思えないだろうけれどね、阿良々木暦を。彼の性格や彼の性癖はさておいても、大人として、ティーンエージャーからは学べまい。面子(メンツ)というものもあるし。

「しかも、チームに引き入れようと近付いてみたら、絶交する羽目になったりして……、娘の目から見れば、阿良々木暦と正当な人間関係を築ける人間なんて、どの世代にもいないけどね。

「ここは撫子ちゃんも共感してくれるだろう。

「斧乃木ちゃんもね。

「要するに、阿良々木暦を手中に収めようとしたママの企みが失敗したところに、舞台に残っていたのが意外や意外、千石撫子だったという流れだ。残存者利益、ここに極まれり。

「元々の予定では、忍野扇を保護してみせた阿良々木暦を、実戦で丹念に鍛錬したのちに、私にあてがう計画だったんじゃないのかな……、いやはや、これも娘の目から見れば、恐ろしい計画だ。

「普通、十五歳の娘に、阿良々木暦をあてがおうとするかい？

「かつて聞いたこともない虐待だよ。

「そのプランが頓挫してくれたときは、本気で胸を撫で下ろしたものだ、私は——まあ、鉄血にして熱血にして冷血の吸血鬼、怪異殺しであるキスショット・アセロラオリオン・ハートアンダーブレードを前にしては、この洗人迂路子とて、ひとたまりもなかったことも、きっちり認めておかなければなるまい。

「実際のところ、ママが撫子ちゃんをもっとも評価したのは、四人の分身を意図的に描き分けてみせたところなのだからね——この『意図的』というところが味噌だ。

「だってそれは、偉大なる姉である臥煙遠江にさえできなかったことなんだからね——ママにとって私が望まない子だったように、阿良々木暦も、神原駿河も、意図的に忍野扇を生んだわけじゃない。

「その想像力。

「そして描写力は、非常に高く評価されてしかるべきものだ——謙遜することも、自虐することも、まったくない。

「嫌味なく誇るべきだ。

「ママは撫子ちゃんに、私を投影なんてしていないさ——むしろ逆だ。長年対立した、向き合ってさえ来なかった、育児放棄した実の娘に、影を投げかけるのではなく、光を投げかけるためのスカウティングだったのさ。

「むろん、そのためには鍛えねばならなかった。阿良々木暦と違って、素材のままで洗人迂路子の前に送り出すわけにはいかなかった。裸一貫というわけにはね。

「ゆえに育てねばならなかった。

「実の娘とは違って、実の娘のように、手塩にかけて育てねばならなかった。

「時に厳しく、時に優しく、目を離さずに、時に突き放し。

「あてがわれたのはどちらかという話にもなるな、

こうなると。撫子ちゃんが私にあてがわれたのか、私が撫子ちゃんにあてがわれたのか——ハブとマングースの関係と言うより、これは、ハブとハブとの関係だ。

「さながら救難ロープのように、ほどけないよう結び合う。

「とんだ縁結びの神様だ。

「おわかりいただけたかな？　それが修業という言葉の真意だよ、撫子ちゃん。私という、ママの業を修めるためには——修め、治めるためには、撫子ちゃんは目覚める必要があった。

「覚醒しなければならなかった。

「こうして撫子ちゃんが私の目の前に——私の蛇の目の前に現れたということは、それ即ち、臥煙伊豆湖の専門家必修コースを、きみが履修し終えたということなんだ。

「だから私はおめでとうと言う。

「呪いを司る私は、言祝がずにはいられない。

「きみはママが認める、立派な専門家なのだから——私と違って、認知された娘なんだよ。子育ては自分育てと言うけれど、撫子ちゃんを育て上げることで、ママもまた、一皮むけたんじゃないだろうか——大人でも成長するという救いのある話だし、不出来な娘として、私は祝福の言葉と共に、お礼の言葉も言わずにはいられない。

「ありがとう、撫子ちゃん。

「ママを助けてくれて。

「きみの仕事は、こうして私と対面した時点でこそ、ぬかりなく完結なのだ——私の贄のひとりでしかなかった女の子が、鱗の一枚でしかなかった女の子が、よくぞここまで辿り着いた。

「誘惑に屈することなく、神聖に思い上がることなく、没落に沈むことなく、試練に怖じることなく、旧悪を恥じることなく、罪業を開き直ることなく、無理解を憎悪することなく、運命を呪うことなく。

「蛇に毒されることなく。

「私のところに辿り着いた。
「己の懐に辿り着いた。
「過去の自分にも、現在の自分にも、そして将来の自分にも打ち勝った。
「それは臥煙遠江にも、臥煙伊豆湖にも、阿良々木暦にすらもできなかった偉業だよ——ぱちぱちぱちぱち。
「千石撫子は専門家になった。
「あとは漫画家になるだけだ」

023

後日談。

三年後、十八歳になった私は上京の準備を整え、臥煙さんから紹介していただいたアパートをあとにしました——県庁所在地のある政令指定都市におでかけすることを戯れに上京と呼称しているわけではなく、ガチの上京です。

日本の首都、東京に参るのです。

まだ公表してはいけないので、具体的な名前は伏せますが、とある神様の名前を冠した漫画賞の準入選に、苦節四年、どうにか食い込むことができたので、打ち合わせを兼ねての不動産探しです。

ぎりぎりの年齢ですよ、十八歳。

成人年齢、本当に下がりましたねえ……。

ここから、読み切りを描いたりアシスタントに入ったり、連載に向けてネームを作ったり、単行本を出したりする道のりの長さを思えば、専門家の修業やサバイバルどころではない大変さがありそうですけれど、これからはもう臥煙さんのお世話にならなくてもいいんだと思うと、だいぶ気楽です。

と言いたいところですが、たぶん、東京でも臥煙さんに保証人になってもらわなければなりますまい……、三年後の今も、別にご両親とうまくはやれていない私です。

いいんですけどね。

臥煙さんのお世話になるのは、なんだかんだで、嫌いじゃありません。

まあ……、それに、うまくやれていないにしては、ご両親とも、少しは話せるようになりましたかね。迂路子ちゃんのことがあって以来、ほんの少しずつではありますが。

仮に私が夢を叶えて漫画家になったところで、手のひらを返すようなかたがたではありませんが……、親子関係の修復は、ゆるやかなる時間に委ねましょう。

私が還暦を迎える頃には、共にお茶でも飲めるのではないでしょうか――孝行したいときに親はなしと言いますけれど、どうか長生きしてください。

東京へは飛行機で向かいます。

はっきり言って電車のほうが早いのですが、あの日、沖縄の海に墜落させられて以来、すっかりご無沙汰でしたからね――どこかで苦手意識を払拭しておかないと、生涯、飛行機に乗れなくなってしまいます。

あのときとは違って、もちろん、分相応なエコノミークラスですが――おや？

空港に到着して、チェックインのために自動カウンターのタッチパネルを操作していると、予約しておいた私の座席が、ファーストクラスにアップグレードされていますよ？

ステイタスメンバーの場合は、インボラと言って、まれにそういうサービスがなされることもあるそうですけれど……、なんだか意味不明で怖かったので、近くの自走式案内ロボットに声をかけてみました。空港内に、こういうＡＩロボットがいまや当たり前に機能していることも、ＳＦ的には十分脅威でしたけれど……。

「アチラノオ客様カラデス」

ロボットからイケボでそんなお洒落な言葉が返っ

てきたので、言われるがままに振り向くと、新生活への門出にはあまりに不似合いなほど、不吉で不穏な雰囲気を身にまとう男性が、果たして不敵に、待合席に座ってじっとこちらを見ていました。

「いよう。千石。見違えたな」

「貝木さん……、やっぱり生きてたんだ」

でしょうね。

どうせそんなことだろうと思っていました……、サプライズ感ゼロです。元より、交通事故で死ねるタイプじゃないでしょう。畳の上で死ねるタイプでもありますまいが。

「ふん。交通事故で死ねたらよかったんだがな。遠江先生と同じように」

「？　ああ、家庭教師だったんだっけ？　臥煙さんのお姉さんが、貝木さんの。迂路子ちゃんから聞いたよ」

「いろいろ教えてもらったよ——純真な子供の騙しかたをな」

あんまり、船出（？）に聞きたい思い出話じゃありませんね……、勝手に私の航空券をアップグレードするとか、もしかして案内ロボットを騙したんですか？　最近の詐欺師は、ＩＴ技術にも通じてらっしゃるんですね。

「気にするな。俺からの餞（はなむけ）だ——今回は飛行機ごと借り切ったりはしていないから安心しろ」

安心できますか。

あえて想起させないでくださいよ、墜落時を。

とは言え、他人の厚意は素直に受け取っておきましょう——かろうじて受賞させてもらっただけで、まだデビューもしていない私には過ぎた座席ですが、斧乃木ちゃんに普段から言われているよう、志は高く持たないといけませんからね。

航空機のように、高く。

「ほう。やはり変わったな、千石。見た目もそうだが……」

「ああ。この服？　服はね、月火ちゃんが見立ててくれたんだよ……、斧乃木ちゃんともども、最近じゃすっかり、月火ちゃんの着せ替え人形だよ」

ヘアスタイルも含めて、お任せです。

その辺りのセンスは抜群ですよ、月火ちゃん。

前髪を切られ過ぎたりしていませんので、ご安心を。

「それをすんなり受け入れられるようになっただけでも、大したものだ——ところで、千石よ。旅立ちの前に、ひとつ、俺の悩みを解決しておいてもらえるかな」

専門家として。

と、そう言われれば、断れませんね。

座席をアップグレードしてもらっておいて、何を断れるのかという話でもありますが……、詐欺用語で言うところの、返報性の法則という奴ですか。

「三年前、西表島で洗人迂路子と遭遇した際、お前はいったい何をしたんだ？　いったいどうやって——あの蛇を引退に追い込んだ？」

追い込んだとは人聞きが悪いですね。

悪い噂が立っちゃいますよ。

「大したことはしていないよ。そのために、臥煙さんは私を、西表島に送り込んだんだから——私を娘に会わせたんだから」

「……つまり？」

「絵を描いたんだ。迂路子ちゃんの」

作品にしました。彼女を。

つまりと促されれば、つまり、哭奈ちゃんや、砂城くんにしたことと同じです——彼らが一身に受けていた呪い返しを、私はスケッチブックに表現することで、解呪しました。

それと同じことを、呪いの大元であるところの迂路子ちゃんにもしたというだけのことです——迂路子ちゃんの手足にびっしりと生えたあの鱗を、一枚一枚、丁寧に剝がしました。十万本の髪の毛を描くように——今思い出しても、まるで点描を描いている気分で、発狂しそうでしたよ。

「直前のサバイバル経験が、意外なところで役に立ったよ——蛇の鱗って、お魚さんみたいに綺麗に剝がれないいんだね。こう、退化って言うか、一体化していて」

「言うなら、蛇足をもいだ形か。五つの頭を持つ蛇の、四肢を切断した——」

「切断はしていない。あくまでも、鱗を剝がしただけ」

具現化の逆ですよね。

彼女が十五年間、受け続けていた当然の報いとしての呪い返しを、返報を、紙にペンで描くことで、フィクションにしました。

巨木のうろのような、虚構に。

同時にそれは、呪い自体の消失も意味します。

結果を取り除くことで、原因も排除しました。

「臥煙先輩がお前を娘の元へ差し向けたのは——娘を縛る呪いを、断ち切るためだったと言うのか——打倒するのではなく、助けたかったと言うのか」

「言わなかったよ、臥煙さんは、そんなこと。事前も事後も——」

だけど否定もしませんでした。

それだけは意外でした。

違うと言えば簡単に否定できるのに、あのお喋りなおねーさんが、何も言いませんでした。

「娘自体が、臥煙先輩にとっては頑(かたく)な呪縛(じゅばく)だったからな。娘であり、姉のようなものだった。どうしたって素直にはなれまい——しかしながら、同時に残酷でもある。四肢の呪いを奪われてしまえば、洗人とて、もう商売はあがったりだろう」

「そうだね。つまり、私を西表島に差し向けたのは、蛇の足を描かせるためだったたってことだよ。本当、たったそれだけのため——余計な真似。もしかするとその前段階である、呪い返しを受けた哭奈ちゃんのスケッチをさせたのも、居所を突きとめるためと言うよりは、最終目的のための練習……、いいえ、習作のつもりだったのかも」

真意はわかりません。

臥煙さん自身にもわかっていないのかもしれません……、『なんでも知ってるおねーさん』は、何年たっても、『なんでも知ってるおかーさん』では、ないのですから。

「わからないねえ。まったくわからない」

と、迂路子ちゃんは言いました。

三年前。

モデルであり、モチーフである彼女は、私の行為を止めようとはしませんでした。そうしようと思えばそれができるだけの実力差はあったでしょうに、籐椅子から降りようとはせず、ただただ理解不能を示しました。

「きみにとって辛く、簡単ではない作業だというのであれば、そんなことをしなければいいだろう――なぜ私を助けようとする？」

私はきみの敵だし、ママの敵でもある。

にもかかわらず、なぜ撫子ちゃんは私の鱗を剝がそうとする？

「私はきみの敵だが、阿良々木暦にとっての忍野扇のように、向き合わなければならない敵ではない――逃げればいいだけの蛇だ。遠縁とは言え、私のせいできみの人生が大きく歪んだことを思えば、恨んでも憎んでもいいのに。そうじゃなくても、私は悪人で、悪い蛇だ。そのうち自然消滅するであろう絶滅危惧種の毒蛇を助けてどうする？」

「そういうんじゃないんだよね」

私は、少なくとも当時、十五歳だった私は、そう答えました――はっきり言って、いい加減で適当な返答でした。一心不乱に鱗を描いている最中でしたから、おざなりも仕方ありません。

ただ、そんな中で発せられた言葉だからこそ、ごまかしや照れや格好つけも、なかったようにも思います。

「私は、私がしてもらったことを、しているだけだから」

「…………」

「あなたのママや、あなたのママの友達に」

筆を止めることなく、私は続けました。

思いつくままの言葉を、絵の具のように並べました。

「私はね、色んな人に助けてもらってきたよ。無人島のサバイバルにおいてさえ、彼ら彼女らとの思い出に助けられた――それは、私がいい子だったからでも、善人だったからでも、真面目にやってきたからでも、可哀想だったからでも、まして可愛かったからでもない」

助けてくれた人が。

特にいい人だったわけでもありません。

ロリコンだったり、詐欺師だったりしました。

「いい子じゃなければ人助けをしちゃいけないわけじゃないし、いい子しか助けちゃ駄目なわけでもない――むしろ、悪い子が悪い子を助けるほうが、手応えがあって、絵になるって思わない？」

優しい人にしか優しくできないんなら、そんな厳しい社会もないでしょう――私なんて、とっくにおっ死んでいたはずです。

月火ちゃんが正義の味方を標榜していたことや、哭奈ちゃんがグループのリーダーを務めていたように――私も不向きなことをするだけです。

「救う価値があるから救われるんだなんて思わないで。助けてくれてありがとうなんて言わなくていい――こんなの、仕事（すき）でやってるだけだから」

「仕事（すき）でやってるだけだなんて――まるでママ譲りの台詞だ」

ママ譲りのプロイズムだ。

迂路子ちゃんは苦笑しました。それこそ、ママ譲りの笑顔でした。

「――撫子ちゃんが仮想の無人島生活において痛切なまでに体感したように、人類が人類になったのは、『火』を発明して以降だとする説が主流派ではあるが、しかし私はその流れからは大きくはぐれている。常にひっそりとした裏道を歩むのが私のありかただし、そういう風に産まれているし、そういう風に呪われている」

でしょうね。

群れからはぐれた迷子という点においては、私もなかなか人後に落ちないところがあるとは思いますけれど……、しかし、そうは言っても、人類が『火』の発明で人類になったというのは、主流派の意見と言うより、もはや定説なのでは？　なんでもかんでも反論し、逆説を唱えればいいというものではないでしょう。

仰る通り、私の無人島生活は、『火』を使うところから始まりました……、岩に石をぶつけ続けるという、非常に原始的なやりかたで……、あれが人間味に溢れていたかどうかはさておき、あそこからスタートを切ったことは間違いありません。『火』を起こせなければ、私の人類史は始まることなく、千石種はあっさり絶滅していたことでしょう。ただ、それ以外の有名な答と言えば……、まあ、『道具』を使うようになって、ヒトはヒトになったという流れでしょうか？

つまり、『火』を起こすにあたって、私は『石』という道具を使いましたし……、あとは、ウォータープルーフもどきの竈とか、えぐった岩で鉢とかを作ったり、あまりうまくは工作できませんでしたけれど、銛を作ったりしましたね。

道具を使うのは人類だけだと、よく言います。

「そんなことはない。道具を使う動物はたくさんいる……、道具を作る動物もいる。集団生活を送る社会を構成することさえ、人類の必須条件ではない。蟻や蜂の巣を観察すれば、言うまでもないだろう」

だとすれば、群れからはぐれた私は、蟻や蜂以下と言うことができそうです……、もっとも、蟻や蜂の社会にも、迷子になってしまう異端者はいるのでしょう。

考えてみれば、無数の植物によって形成される広大なジャングルも、群れと言えば群れですよね……、むしむし蒸れるという意味ではなく、頑強なグループを形成することで、生態系になるわけです。

種と言うよりは、属ですか。

その群れの中におけるヒトの無力さは、私が証明しました。

では、『火』でも『道具』でも、はたまた『社会』でもないのだとしたら、人類はどうやって進化したのでしょう？　さすが臥煙さんの娘と言いますか、授業を受けている気分にさせられます。

よりにもよってこの私に授業を受けさせるだなんて、やりますね。

「もったいぶるような意外性にあふれる答でもない。撫子ちゃんが今、やっていることだ。人類が人類たりえたのは、『絵』を描くようになってからだと、私は考える」

「？　どういう意味？」

絵を描く……、おかしなことを言いました。

意外性にあふれてますよ。絵なんて、誰にだって描けるでしょう？

「天才の台詞を吐くじゃないか。私に睨まれた蛙のように面喰ったよ。しかし、だからこそとも言える。そう、誰にだって描ける……、人類ならね」

「……まだよくわからないです、先生」

確かに、私が『火』を起こせたのは、岩に石を投げ続けるという行為がサバイバルの上で適切だったからではなく、あのとき既に、私の『蛇足のスキル』が発動していたからという仮説もありました……、無意識のうちに、私は岩肌に、エレメントを描いていたのだと。

道具作りにはとことん失敗しまくりでしたが、最終的には『絵』を描くことで、衣服をゲットしたわけですし……、しかし、それらの技術こそ、誰にでもできることではありません。集団に属せない異端の技です。サバイバル教本には載せられない独自性です。

迂路子ちゃんを描くことが。

誰にでもできるわけではない、私の役割であるように。

「情報、または知恵のシェアという意味だよ。『絵』を描くことで、そして『絵』を見ることで、人類は社会を世界中へと広げた……、蟻や蜂を越えたのは、その瞬間だ。そう言うと、普通は『字』だと思うだろうが、しかし『字』の原点が『絵』であるとする説には、主流派も異端もないだろう」

それはそうです。

象形文字がまさしくですし、漢字の成り立ちにしたって、人間が支え合っている姿から、『人』という字ができたと言いますもんね――アルファベットはどういう成り立ちなんでしょうか？

記号というのも一種の絵です。

だとすると、有線も無線も無人島生活には望むべくもありませんでしたけれど、インターネットというのは、その行き着く先で、行き尽くす先なのかもしれません――絵画であろうと動画であろうと、たとえテキストであったとしても、数インチに切り取られた『一枚の絵』として、液晶画面を捉えているようなものなのですから。

「地上絵や洞窟絵を描くとき、人類はどういう気持ちだったか。やっぱりそれは、『人に見てもらいたい』『人に見せたい』という気持ちだったんじゃないのかな」

人に伝えたいという気持ち。

文化はそうやって拡散してきた、と迂路子ちゃんは言いました――その名の通りやや迂遠な物言いで、それこそ、何を言わんとしているのか、伝わって来づらいところもありましたが、しかし、そんな彼女の気持ちさえ、こうして私が絵にすることで、理解できるのでしょうか。

拡散。

情報化社会が形成される以前から、人類はそうやって様々な事象を、出来事を、または感情を、共有してきたのだとすれば——そんなシェアこそが人類社会を形成したというのであれば、確かに、絵を描くという行為は、その基幹をなしているとも言えそうです。

大陸に人類史を描写し続けてきた。

海にさえも——これからは、宇宙にさえも。

人類という肖像画を描く。

「……はは」

言ってて笑ってしまいました。

そんな大仰なものではないと、実際に手を動かして描いている身としては思ったからでした……、それこそ絵描きとして、天才の台詞を吐くつもりも、己の行為を卑下するつもりもありませんけれど、いくらなんでも謙虚さが足りません。

しかし、子供が新居の壁にクレヨンで落書きをするのがヒトとしての本能であると、逆説ならぬ仮説を立てることはできそうです……、それくらいのレベルでなら賛成してもいいです。

紙とペンを求めるのは。

漫画家志望の本能と言うより、人類の性なのかも——

「……無人島生活で窮状に追い込まれたとき、誰の視線も、誰の意見もなくなったとき、私はそれでも絵を描きたい、漫画を描きたいって思ったけれど、それは私の意志が特別に強かったとか、夢を諦めない不屈の根性があったとか、そういうことじゃなくて、あれは単なる野生化の一環だったってことになるのかな？」

あの渇望するような気持ちには、我ながら救われた思いがありましたけれど、そんな風に身も蓋も、身も世もない解釈をされてしまえば、軽いがっかり感もありますし、同時に妙に納得してしまうのも本音です。

「さてね。私はむしろそんな撫子ちゃんの様子を見て、我が解釈に自信を持った節もある。すべてを失い、何もかもをなくし、食べることも飲むことも、話すことも満足にできなくなったとき、ヒトはどういう行動に打って出るのか……、撫子ちゃんが私に教えてくれた」

　私を人類の基準にされましても、荷が重いですよ。

　むしろ、私のような半端者でさえそうだったと理解してほしいですね。

「うむ。私には絵の素養なんてまるでないけれど、それでも、無人島生活で困窮すれば、ヒトを呪うのではなく、ヒトを描くのかもしれないね」

「リゾート生活をしておいて、よく言うね」

「リゾート生活でも、写真くらいは撮影するかな。インスタにアップするためだが、それもまた一枚の絵だ」

　インスタやってたんですか。

　呪い売りも今時でいらっしゃいますね。

　そこで仕事を募っていたのであれば、若者に普及するわけですよ——それもまた、普及じゃなくて拡散でしょうか。

「学ばなければ字は書けないけれど、絵は教えられなくとも描くだろう。教育を受けるまでもない。食べたり、飲んだり、寝たりするのと同じ以上だ。ママのように言うのなら、『誰でも知っている』ことだ——結局のところ、そんなありふれた『誰でも知っている』ことが撫子ちゃんを救い、そして私をも救おうとしているのだから、呪術師としてはとても不本意でもある——おまじないのお札をばらまいた私の行き着く先が、純白の画用紙への封印なのであれば、自業自得とも言えるがね」

　自業自得？　その言葉が誰より似合うのは千石撫子ですよ。

　自分の業です。

　そして、自分で得たものです。

「おまじないというのも一種、共有される幻想だからね。人類が進化した先が、現実ならぬ幻想だというのもおかしな話で、だが真実だ。もっとも、こんな風に『知ったようなこと』を語りながら、やはり私にとっては、絵画も漫画も、描き記すものではなく読み解くものだよ——情報を共有するために。写真を撮ることはあっても、自ら率先して絵を描きたいと思ったことはまだないね」

それもまた、臥煙さんの裏側ゆえ、娘ゆえにでしょうか——臥煙さんには『絵を描く』というイメージはまったくありませんね。十代の頃はどうだったのかわかりませんけれど……、本はいっぱい読んでそうです。漫画も含めて。

「そうだね。ママももっぱら読者だった。読者であり、ゆえに識者だった。だからこその指揮者として、今は、よく『絵を描いて』いるようだが」

作戦を練るとか、企画を立てるとかいう意味での『絵を描く』ですね——してみれば、私が迂路子ちゃんをスケッチすることも、臥煙さんの描く作品であるわけです。

作戦ではなく作品。

「キャラクターが勝手に動いている気もするがね。作戦にしても作品にしても、決して思い描いた通りに実行できるわけじゃあない——ママは役者のアドリブに任せるタイプではあるし、その娘ことこの私も、あれこれ綿密に企むほうではあるけれど、それですら、この結末が予想外であるように」

「予想外なんてあるの？　臥煙親子に」

「予想外が私達親子の喜びだ」

迂路子ちゃんはここでも笑いました。

臥煙風に、ママの意見を代弁するように。

「私の職掌の範囲内のことで言うと、ばらまいたおまじないとて、想定外の広がりを見せることがほとんどだ——食傷するほどにね。情報や知恵が大人数に共有されれば、広がれば広がるほど、指数関数的に増大することも内容が変質することもある。地球規模の伝言ゲームは、ＡＩですら把握し切れない。絵画が文字に変化していくように——情報そのものが一種の記号化、象徴化されることもある。私に言わせれば、それも呪いだ。高速の呪いだ」

「『呪い』と『鈍い』をかけてるの？　『職掌』と『食傷』をかけたのはわかったけど……」

「ほら、早速伝言ゲームにミスがあった。まるで無数に繰り返される中で起きる、遺伝子のコピーミスだよ。全人類に共有され続けるイメージは、集団性として個性を押し潰すことがある。『恋』という言葉や、『夢』という要素、はたまた『母性』なんてイメージが人類に共有されていなければ、生きるのがどれほど楽だったかなんて、撫子ちゃんは考えないかい？」

「それは──楽だったろうね」

楽ちんだったでしょう。

でも、それもまた画一的なイメージです。

社会の枠や、共有されたルールや常識に染まりたくないという気持ちさえも、すべて込み込みで、一枚の絵なのですから。『恋』も『夢』も『母性』も、それらのイメージがくっきりしているからこそ、対するアンチテーゼも生まれます。

順序の、あるいは時系列の問題でしかありません。アンチテーゼはアンチテーゼを生み、それが更なるアンチテーゼを生み、それでも、裏の裏は表とは違う絵です。情報や知識を、誰もが抵抗なく受け入れ、受け継いでいるわけではないのですから……、個性もただ、押し潰されてはいません。遺伝子のコピーミスがあるがゆえに、そこから新しいものも誕生します。

集団においても、みんな悩んでいるし、みんな呪っています。

私にとって中学校はそういうところで、実際のところ、あそこは変人を許容してくれる場所でもありました。そりゃあ私達をがちがちに型にはめようとはしましたけれど、少なくとも、変人であるという理由だけでは、門前払いはされませんでした。勢いあまってその檻を飛び出したところで、変人を容赦なく排斥する、より厳しい社会がジャングルのように広がっていただけです——飛び出してから気付いたところで、こんな理解は単なるコンプレックスですが。

「そのコンプレックスも、撫子ちゃんは創作の糧にするのかな。アウトローであることやハングリーであることは、反骨精神を養うから。それは私の存在が証明している」

「どうなんだろう。アウトローはまだしも、ハングリーはもうこりごりだよ。そりゃあ努力はしなくちゃいけないんだろうけれど、『逆境をバネに成長する』みたいなのは、あんまり好きじゃないんだ」

もちろん、漫画のストーリーとしては大好きですし、感動もしますし、偉大なる先人のエピソードとしてなら、逆境から這い上がる感じはすんなり胸に入ってきますが、しかし、自分自身の等身大の物語として語ると、ちょっとお寒い感じがしてしまうのが正直な感想です。

「だとすれば、その正直な感想こそがコンプレックスの根幹を成している」

ぴしゃりと、迂路子ちゃん。

こうなると、授業ではなく、カウンセリングを受けている気分になりました——絵を描いていることも、カウンセリングの基礎的なカリキュラムのようです。

「逆境に対する否定的な気持ちが、撫子ちゃんにそう言わせているのさ。『不幸だから成功した』という事実を、認めたくない——劣等感に対する劣等感だ。『産んでくれなんて頼んでいない』『こんな親から産まれたくなかった』と言っているようなものなのさ——産まれていなければそんな不満は口にできないという不毛なパラドックスだ。一度地獄を見た自分なんかが、たとえこの先どんなに成功したところで、逆境がなくてもちゃんと成功した連中には負けてちゃってるんじゃないかというどうしようもない気持ちは、結局、過去の逆境から目を逸らしているに過ぎない」

「……もしかして、私に呪いをかけようとしている？迂路子ちゃん」

この上、まだ手足の鱗を増やそうとしているのでしょうか――描いても描いても際限なく増えていく呪いなんて、勘弁してほしいですね。デジタルじゃないんですから、コピー&ペーストでは描けないんですよ、無数の鱗は。

「まさか。一般論を語っているだけだよ。持論を展開しているわけじゃあないのさ。これに限ってはママの代弁でもない、世間の声だ。ほら、あの阿良々木暦とて、そこは葛藤のあったところだろう。死にかけの吸血鬼を含め、数々の『不幸な少女達』との出会いがなければ、今の彼はないわけだが、見ようによっては他人の不幸を食い物に成長したと言えなくもない――吸血鬼を子飼いにしたことで幸せになった事実を認知することは、想像するしかないが、簡単じゃあなかったはずだ。撫子ちゃんが『友達に呪われたお陰で、漫画家になれた』としても、あるいは『大好きなお兄ちゃんに失恋したことをきっかけに、漫画家になれた』としても、それを公認したくないように」

筆を止めようとしてくれますね。

もしくは、私が次に描こうとしている一枚の鱗が、哭奈ちゃんからかけられた呪いの鱗なのでしょうか――哭奈ちゃんが拒んでいるのでしょうか、私を。

または、私が――拒んでいるのでしょうか。

逆境を、コンプレックスを、過去を、己を。

まあ、どちらかと言えば、認めたくないのは、呪われたことよりも、呪ったことのほうかもしれません――神様として山頂に君臨していた時代こそ、私にとっては語りたくない恥部でしょう。ことここに至っても、私は、罪とも呪いとも向き合えていないのでしょうか。

だから、ともすると、描きにくい一枚の鱗は。

私の鱗なのでしょう。

後回しにしたい、迂路。遠回りせずにはいられない、雨露。

空っぽにも似た——虚。

「だがその描きにくい鱗は、撫子ちゃんを守る鎧であると同時に、剝がすべきかさぶたでもある。かさぶたは傷そのものではなく、傷が癒えた証でもあるんだよ」

「…………」

「夢を見にくい世の中になったと同時に、夢を叶えやすい時代にはなったよね。社会が豊かになったとはとても言えないが、しかしそれと反比例するかのように、どんな未来も、一昔前からは信じられないくらい間口が広がった」

将来なりたい職業に『漫画家』と書いても、現代ではそんなに怒られなくなったという意味でしょうか？　月火ちゃんなんて、小学生のときに『将来の夢は？』と訊かれて、『学校を建てたい』と答えてましたけれどね……、無難に『お嫁さん』と答えたわたしとの格差を、どころか格の差を感じます。

「現代だと『お嫁さん』と書くほうが無難じゃないだろうね。と言うより、安定した将来像なんてものが幸せな幻想だったとわかり、だったら好きなことをやったほうがいいやという投げやりなモチベーションが一般化されたわけだ。そんな肖像ならぬ将来像、ならぬ虚像が、一枚の絵として広がった。完全に思い通りとはいかなくとも、モアベターのような何らかの形で夢を叶えることは、ツール的にも環境的にも、そう難しくはなくなった——実に祝福された社会と言えよう」

祝福？

呪い売りらしからぬ言葉です。

「いやいや、らしいんだよ。なぜなら、私が心配しているのは、呪いならぬ祝いによって、撫子ちゃんが駄目になってしまわないかという、新たなる縛りなんだから——祝福もまた呪縛なんだ。私が思うに、何らかの授賞式のスピーチで、『私がここまで来られたのも、愛する両親と、導いてくれた友人達のお陰です』と、何の感情もなく、もとい、何の抵抗もなく口にできるようになって、ようやく人は成功したと言えるのだから」

一回、『何の感情もなく』ってしっかり発言していますよ……、普及したスピーチを、解釈によっては呪いの言葉に変えてしまっているようでもありますが、とは言え、迂路子ちゃんの言わんとすることがまったくわからないわけではありませんでした。

絵のように伝わります。

私で言えば、初めての単行本の献辞で、『両親に捧ぐ』とか『初恋に捧ぐ』とか書けたら、それが成功への道しるべになるということでしょうか……、なかなかハードルは高そうですね。

ありがとう、か。

昔はもっと、素直に言えた言葉でした。

感情のない感謝ではなかったはずなのに。

「成功したところで、今度はその成功がコンプレックスになってしまうケースもある。なまじ夢が叶ってしまったばかりに、『こんなはずじゃなかった』と言い出す未来もある——ちやほやされたことで性格が歪み、誰も信用できなくなり、満たされた人生に不満を抱くようになるかもしれない。無人島で飢えていたときのほうが、生きている実感があったかもしれない。成功がトラウマになるなんて贅沢な悩みだが、しかし、そんなのはよく見る成功者のパターンであることに違いはないだろう？　どんなヒット作を飛ばしたところで、いつかは古びて落ちぶれる。『昔は可愛かったのに』と言われているように、『昔は面白かったのに』と言われるために、撫子ちゃんは頑張るようなものだ」

「すごくやなこと言う」

「助けようとしている私にも、こんな風に嫌なことを言われる。見てもらいたい絵を見てもらえず、面白がってもらおうと思ったのに呪われる」

それでも撫子ちゃんは言えるのかな。

仕事(すき)でやってるだけだって。

「……言えるよ」

私はそう答えました。

即答はできませんでしたけれど、噛み締めるように——一枚の鱗を描きました。

蛇のように、噛み締めるように、締めました。

ここが私の締切です。

「言える。そうすることで、傷も癒えるから」

乱高下には慣れっこです。

乱気流にも、慣れましたしね。

「可愛くないねえ、撫子ちゃん」

どういたしまして。

そう言われるのが私の喜びですよ。

「悪い子が悪い子を助けるほうが絵になる、か」

だったら、と。

籐椅子に座ったまま、迂路子ちゃんはガウンを脱ぎました——まるで脱皮するように。

「このほうが描きやすいんじゃないかな？」

いえ、ヌードのほうが描きやすいとは言いましたけれどね……、つるんとした十五歳の女の子のすっぽだかは、絵にできないんですって。

鱗よりも描きづらい迂路子ちゃん。

ママ譲りの、いい性格をしていましたね。

「……だから迂路子ちゃんは廃業後、リゾートから学校に通ってるよ。今、高校三年生だったかな」

それを言ったら私のほうが結局、あれからも一日とて学校に通っていないので……、中学の卒業式にも出なければ、高校受験もしていないので……、彼女の学年については確かではありませんけれど、恐らく、船で高校に通っているはずです。

ハブを捕って生計を立てています。たぶん。

卒業するまでに、いつか授業参観があればいいですよね。

「ふん。くだらん。高校生活のほうが、よっぽど呪いに満ちているだろうに」

「どんな高校生活を送っていたの、貝木さん……」

臥煙遠江さんから家庭教師を受けていたのは、もしかしてその頃なのでしょうか？　十代の貝木さんというのが、そもそも想像つきませんけれど……、私もいつか、そんな風に言われるようになるんですかね。

永遠とも、永久とも思えたこの未熟な十代が、想像するのも難しくなるような十五年後が。

「見事なものだ。臥煙先輩にも阿良々木にも、それどころか遠江先生にさえ、できなかった呪いへの対処を、お前はやってのけたのだから……、正規のルートを外れた俺が言うようなことではないが、千石撫子は、誰に恥じることのない専門家だ」

「蛇の専門家？　おだてても何も出ないよ」

「それは俺としたことが、莫大な損害をこうむってしまった——もう一度言うが、こういった評価を素直に、そして率直に受け入れられるようになっただけでも、成長を感じる。しかし、それだよ。千石。それなんだよ。俺にしてみれば、そこもまた不思議なんだ——臥煙先輩の真意がそこにあった、それはいい。お前がその真意を乗り越えたことも、俺の読みが外れていたことも、俺は俺で受け入れよう——だが、外れていようと、その疑問は疑問として依然、残存したままだとは思わないか」

「残存？　何が？」

「そもそも、どうして洗人迂路子は、西表島に拠点を構えていたのかという最初の疑問だよ——それを突き止めさせるために、臥煙先輩は俺達を派遣したのではなかったとしても、『どうして』の部分は残るだろう」

ああ。

なるほど、なるほど——言われてみればそうかもしれませんね。別の答が見えてしまったことで、自分発信ではないそちらの疑問を、三年前、特に詰めてはいませんでした。

ぬかりだらけですね、私は。

「……だけど、それは貝木さんが、西表島に辿り着かなかったから、未だに持ち続けている疑問なんだと思うよ。私みたいに、二週間のバカンスを楽しんでいないから」

「ほう？　皮肉を言うようになったか、千石？」

「皮肉じゃなくて、思い出話をしているの」

あるいは山羊の肉ですかね。

蛇の肉とは言いますまい。

「西表島に住むのに理由なんていらないでしょ。地上の楽園だよ、あの島は」

ここだけの話、受賞作の舞台にもさせていただきました――イリオモテヤマネコをモチーフにするという、とてもあざとい真似をしましたよ。

「やはり言うようになったか――いいことを。そして語るか、思い出話を。物語を」

「表現者だから」

「納得したよ、千石。そして安心した。あの山でいい加減なことを言って、お前をけしかけたのは俺だったから――今となっては、それだけが心残りだった」

詐欺師が何を言っているんですか。

納得なんて、納税くらいしない癖に。

でも、あのとき、貝木さんが私を騙してくれていなければ、確かに、今の私はありませんでした――

一生、飛行機に乗ることさえなかったでしょう。

「貝木さんも、詐欺師を引退したくなったらいつでも言ってね。私が作品にしてあげるから」

「御免だね。俺は詐欺師として生き、詐欺師として死ぬんだ」

死んでも詐欺師。

それが俺の呪いだ。

またそんなことばかり言って……、そう言えば、こちらからも、次に会ったら訊いておきたいことがありましたね。今更野暮な問いではありますけれど、ここを先途に解明しておきましょうか。

「ねえ、貝木さん。三年前、飛行機が墜落したとき、貝木さんはどうやって助かったの？　いったいどんな騙しのテクニックで――」

と。

質問しかけたところで、案内ロボットが、

「搭乗サンジュッ分前ニナリマシタノデ、保安検査場ニオイデクダサイ。ナオ、預ケ手荷物ガアリマス場合ハ――」

と、背後から私を急かしました。

さすがAIは、空気を読みませんね。しかし、もうそんな時間ですか……、飛行機に乗り遅れるなんて、飛行機が墜落するのと同じくらい、幸先が悪いです。ファーストクラスだから待ってくれるってことはないんでしょうね、飛行機の場合は。

「ごめん、貝木さん。私、もう行かなきゃ――」

案内ロボットから待合席へと再び視線を戻すと、おや、もう不吉な詐欺師さんは、いなくなっていました――あれよあれよと、ちょっと目を離したらこれですか。

犯罪者は逃げ足が速いですね。

騙しのテクニックは、そう簡単には明かさないということらしいです――問い詰めようにも連絡先がわかりませんが、まあいいでしょう、私が売れっ子になって一財産を築いたら、また向こうから会いに来てくれるはずです。

そのときは。

また、騙されてあげようかな。

三年ぶりの保安検査、そして機内には、緊張することしきりでしたが、ファーストクラスでの門出はラグジュアリーなスペシャルで、シートに座るなりリラックスできました。なにせ私の靴より高そうなスリッパが備え付けられているのですから――あまりの心地よさに、危うく、スマートフォンを機内モードにするのを失念するところでした。

折角ですからフライト中に、備え付けのモニターで映画を見たいし、いっそ電源ごとオフにしようかと思ったタイミングで、まるで見計らったかのように、メッセージの着信がありました。

見計らったかのようにと言いますか、見張っているんじゃないかと思うようなタイミングでメッセージを送ってきた主は、もちろん、私の身元保証人です。

『なでっこ　東京進出おめでとう(・ｰ・)
都内で百足退治の仕事があるけど、参加しない？
余接もいるよ☆』

こちらの懐具合や心細さまで見透かしたお誘いに、思わず笑っちゃいますね。本当にもう、あの師弟には敵いません。この親にしてあの子あり。蛙の子は蛙、蛇の親は蛇。了解しました。折角ですし、先を見越して敷金礼金、稼いでおきますか。お釣りがくるなら連載の準備のために、南の島への取材旅行もいいでしょう。まだまだ先は長いですが、だからこそ、楽しまなくちゃ。

千里の道も一方通行。

蛇の道を歩む足を、描き続けましょう。

あとがき

本文中でも千石撫子が言及している心理テスト、『無人島にひとつだけ持っていくなら、何を持っていく？』という問いは、一般化した今となっては大喜利みたいな性格も備えていて、どう答えれば一目置かれるかに視点が置かれかねないところもあります。あんまり変わったことを言っても、変わったことを言おうとしていると思われるだけという悲劇に見舞われるケースもあり、ならばどんな答を返すかよりも、むしろ問題文を変えてみたくなってきます。つまり、『ひとつだけ持っていくなら』の部分を、『何を、どれだけ持っていってもいいとしたら』に変更し、『無人島に、何を、どれだけ持っていってもいいとしたら、何を、どれだけ持っていく？』です。食料でも水でもテントでも刃物でも着替えでも、もちろん本でも、持てるだけ持っていっていいと言われたら……、誘えるだけの友達を誘っていいし、連れて行けるだけの家族を連れていってもいいと言われたら、果たして人はどう答えるでしょう？　何かひとつだけと限定的に言われるよりも、逆に絞り込めなくなってしまいそうな問いかけであるように思えます。できるだけいらないものは持っていきたくないというのが人情でしょうし、旅行にあたっては、荷物を減らしたいと考えるのも当然です。座右の書であるからこそ、たまにはその本から解放されたいという気持ちで旅に出るのでは……、『何でもどれだけでも』と言われても、結局のところ、物理的に重いとどうしたって持ち歩けませんからね。データもパンクします。ならば、最初に訊くべきは、『無人島に行きたいか、行きたくないか』かもしれません。

というわけで物語シリーズ、モンスターシーズンは、千石さんに締めて、もとい、締めていただきました。ある意味で彼女は阿良々木くんよりも成長したキャラクターであり、本来、モンスターシーズンのサブストーリーとしてスタートした洗人編が、このように一冊の形を取ろうとは思いもしませんでした。こういうことがあるから、物語を書くのはやめられませんね。何を、どれだけでも書いていいと言われたら、千石撫子と洗人迂路子の今後なのでしょうか。そんな感じで本書は百パーセント趣味で書かれた小説で死た、『死物語（下）　最終話　なでこアラウンド』でした。

当然ながら表紙は千石さんに飾っていただきました。何気に表紙は久し振りでしょうか。VOFANさん、ありがとうございました。何かと先の見えない世の中なので迂闊な予告は避けたいところですが、千石先生の次回作にご期待ください。そして末筆ながら、西表島の世界遺産登録、おめでとうございます！

西尾維新

初出　本作品は、書き下ろしです。

著者紹介

西尾維新（にしおいしん）

1981年生まれ。第23回メフィスト賞受賞作『クビキリサイクル』（講談社ノベルス）で2002年デビュー。同作に始まる「戯言（ざれごと）シリーズ」、初のアニメ化作品となった『化物語』（講談社BOX）に始まる〈物語〉シリーズなど、著作多数。

Illustration

VOFAN（ヴォーファン）

1980年生まれ。代表作に詩画集『Colorful Dreams』シリーズ（台湾・全力出版）がある。台湾版『ファミ通』で表紙を担当。2005年冬『ファウスト Vol.6』（講談社）で日本デビュー。2006年より本作〈物語〉シリーズのイラストを担当。

協力／AMANN CO., LTD.・全力出版

講談社BOX

KODANSHA BOX

死物語（シノモノガタリ）（下）

定価はケースに表示してあります

2021年8月17日 第1刷発行

著者 ── 西尾維新（にしおいしん）

発行者 ─ 鈴木章一

発行所 ─ 株式会社講談社
東京都文京区音羽2-12-21　郵便番号 112-8001
編集 03-5395-3506
販売 03-5395-5817
業務 03-5395-3615

KODANSHA

印刷所 ─ 凸版印刷株式会社

製本所 ─ 株式会社若林製本工場

製函所 ─ 株式会社ナルシマ

ISBN978-4-06-524455-5　N.D.C.913　232p　19cm

西尾維新
西尾維新

FIRST SEASON
［化物語（上・下）］
［傷物語］
［偽物語（上・下）］
［猫物語（黒）］

SECOND SEASON
［猫物語（白）］
［傾物語］
［花物語］
［囮物語］
［鬼物語］
［恋物語］

FINAL SEASON
［憑物語］
［暦物語］
［終物語（上・中・下）］
［続・終物語］

OFF SEASON
［愚物語］
［業物語］
［撫物語］
［結物語］

MONSTER SEASON
［忍物語］
［宵物語］
［余物語］
［扇物語］
［死物語（上・下）］

西尾維新
NISIOISIN

Illustration VOFAN

KODANSHA BOX

『傷物語』編、最終局面。
はは
は
はは
はは
原作／西尾維新
漫画／大暮維人
キャラクター原案／VOFAN
第1話無料公開中！
@BKMNGTR_IxI
#化物語 #漫画化物語
週刊少年マガジン
連載中！

西尾維新

NISIOISIN

Illustration / VOFAN

講談社